당신이 빛이라면

당신이 빛이라면

초판 1쇄 발행 2021년 8월 5일
초판 3쇄 발행 2024년 6월 14일
지은이 백가희

펴낸이 남기성
책임 편집 하진수
디자인 그별

펴낸곳 주식회사 자화상
인쇄,제작 데이타링크
출판사등록 신고번호 제 2016-000312호
주소 경기도 고양시 덕양구 꽃마을로 34, 1006호,1007호(향동동, DMC스타팰리스)
대표전화 (070) 7555-9653
이메일 sung0278@naver.com
ISBN 979-11-91200-35-5 03810

당신이 빛이라면

백가희 지음

쿵

추천사

당신 마음속에 푸름이 비추기를

흔히 쓰이는 만큼
외면받기 쉬운 단어가 있다.
이를테면 사랑, 마음, 당신 같은….

모두가 그럴싸해 보이는 표현만 좇아
이래저래 문장을 갈아입기 바쁠 때
여기 한 뼘씩 시들어가는 단어에
다시 생명력을 불어넣는 작가가 있다.

작가 백가희는 글로써 계절을 나르고

다채로운 비유로 세상 만물에 사랑을 움트게 하며

불필요한 감정은 그 어디에도 없음을 이야기한다.

당신의 마음속엔 아직 푸름이 존재하는가?

그렇지 않다면 지금 이 책을 펼쳐라.

한 줄 한 줄 따라가다 보면

어느새 풀 내음 그윽한 정원에 도착해 있을 것이다.

부디 당황하지 말아라.

백가희에게 '사랑'은 이토록 자연스러운 일이니.

지코(가수, 음악PD)

당신의 빛을 만나기를,
누군가의 빛이 되기를 바랍니다

근 4년 만에 다시 이 책의 서문을 쓰고 있습니다. 첫 서문을 쓰며 오래 기억할 거라 믿어 의심치 않았던 2017년 4월 통영의 봄은 새하얗게 잊어버리고 4년 동안 바쁘고 요란하게 지냈네요. 운동하다가 불쑥 감히 당신의 안부를 묻고 싶던 저녁도 건너고, 공부하다가 문득 떠오르는 당신 생각에 잠식되었던 서툰 새벽도 견디고, 몇 번이나 내가 한 사랑을 후회하면서요.

여러 일을 시작하고 그만두면서 보냈습니다. 꾸준히 한 것이라곤 사랑이 전부입니다. 글의 주제였던 이들과 이별하고 다시 만나고 만난 것을 후회하면서도 사랑하는 일만큼은 포기하지 않고 지냈습니다. 누군가를 만나는 사랑, 나 혼자 하는 사랑, 내가 일상에서 이룰 수 있는 사랑까지 고루고루 하였습니다.

사랑만이 가득한 이 책이 부담스러워 펼쳐보고 후회하는 날도 있었습니다. 나의 불완전함, 외로움, 미숙함을 사랑으로만 메우려는 태도가 곳곳에 녹아들었다고 생각해서였습니다. 그런데도 『당신이 빛이라면』을 다시 꺼내 든 것은 제 인생에서 사랑이 가지는 가동력 때문입니다. 비단 연애뿐만 아닌 제 인생 안에서 작동하는 사랑의 원리는 무엇일까. 어떤 것에 사랑을 느끼고, 그 사랑을 어떻게 표현할 수 있을까.

이 책은 제가 만났던 '당신'이라는 미지의 인물을 통해 제가 생각하는 사랑을 재정립하는 과정이기도 하고 당신의 얼굴을 한 사랑을 조금 더 다각도에서, 다양한 마음의 높낮이에서 사랑하기 위해 써둔 기록입니다.

지난 4년 동안 당신은 어떤 사랑을 하셨나요. 어떤 고된 하루를 이겨내고, 어떤 사랑에 빠지셨나요. 사랑을 잊고 살진 않으셨나요. 누군가를 빛으로 삼기도, 누군가의 빛이 되기도 하셨나요. 4년 전이나 지금이나 당신이 가진 사랑을 존경하고 사랑합니다. 혹여나 우리가 무수한 우연 중 하나가 되어 만난다면 기필코 가장 큰 품을 만들어 안아 드리겠습니다.

2021년 7월 서울의 새벽에서

백가희

prologue

벚꽃잎이 허공에 흩날리던 그 봄밤에

며칠 전 통영에 다녀왔습니다. 봄의 한창이긴 했지만, 먹구름은 떠나갈 생각을 하지 않았고, 비는 발자국을 옅게 남겨가며 잠시 머무르다가 다시 돌아오기를 반복했습니다. 그래도 길 곳곳에 핀 벚꽃들이 우리를 환영해주는 것 같아 위로를 받곤 했어요. 이미 저는 봄이라는 단어가 주는 분위기만으로 몇 번이나 사랑에 빠져 있었습니다.

무엇이든 사랑할 수 있을 것 같은 계절입니다. 나보다 누군가를 더 생각할 수 있는 계절이기도 합니다. 만개한 꽃을 보면서 그가 좋아하겠구나 싶다가, 소낙비가 내리면 꽃이 떨어질까 노심초사하며 당신이 슬프겠구나, 싶은 날들의 연속이었습니다. 진솔함과 어울리는 봄입니다. 미적지근한 온도만을 유지하는 그에게 날씨 핑계를 대면서 고백하기 좋은, 미친 척 사랑한다고 질러도 봄바람 때문이라 수습할 수 있는 봄.

1년에 고작 며칠 피는 벚나무를 길가에 줄줄이 심어놓은 행동을 이해하지 못했었는데, 통영의 길거리를 멀리서 바라보니 이해가 되었습니다. 인간은 찰나의 아름다운 풍경을 위해 남은 시간을 기다릴 수 있는, 어리석지만 가장 사랑스러운 존재라는 것을요.

저 역시도 마찬가지입니다. 누군가와 함께 올 봄을 기다리며 남은 시간을 모조리 투자하기도 했습니다. 남은 계절 동안 손에 든 가정법 중 가장 많은 문장의 시작이 '봄이 오면'과 '당신과 함께라면'이었을 정도로요. 여러분도 같을 거라 생각합니다. 저와 같은 상황에 놓인 사람도 있을 것이고, 사랑을 기다리는 사람도 있을 것이고, 오지 않는 사람을 위해 밤마다 기도하는 사람도 있을지 모릅니다.

봄에 흩날리는 벚꽃잎은 축포 같고, 봄 특유의 뜨뜻미지근한 온도는 사랑을 성장시키기 위한 최적의 환경입니다. 유난히 빠르게 흘러가는 계절의 발걸음에 발을 맞추지 못하더라도 여러분의 모든 관계 속에서 웅크린 사랑을 존경하고, 사랑을 사랑합니다.

사랑에 고맙습니다.
여러분의 시간에 동행할 수 있게 되어서,
저의 모든 계절이 되어주셔서.

2017년 4월 도시의 밤 한가운데에서

Contents

1

보통 연애를 하고 싶었다

2

너를 사랑하는 일을 잘했으면 좋겠다

3

사랑아 새벽같이 살자 아침이 익숙하게

4

사랑, 나의 마음을 채울 수 있을까?

비가 와서
온 세상이 젖은 마당에
네 생각을 하려니
저만치 가버린 봄이
또 왔다
또 왔어

1

보통 연애를
하고 싶었다

낯선 환희

너를 조준해서 쏜 빛이 아니었음에도
멀리서도 네가 반짝거렸다
눈이 부셔 가까이 갈 수 없었다
온 세상이 빛으로 물들었다

한낮에 오래 머물렀고
깊은 밤엔 깊게 적셨다

생애 처음으로 맛본 환희
사랑이 멋대로 번졌다

글을 쓸 때만이라도 우린 사랑을 한다. 마치 꿈속의 일처럼 팔을 더듬고 머리칼을 만지고 깍지를 끼고, 도저히 현실에서 일어날 수 없을 만한 행동을 나눈다. 내 24시간의 8할을 쓰는 일로 소비하는 이유도 이 때문이다. 유일하게 쌍방향의 사랑이 가능하다는 보장을 받는 시간. 글 안의 너는 침묵했고, 글 밖의 나는 사랑한다 고백한다. 꿈 같은 낯선 환희는 젖어들기 좋았으나 문장을 마치고 헤어나오면 잔상으로 눈이 아팠다. 마취제가 덜 풀린 환자처럼 나는 이 글이 곧 현실이라 믿었다. 버림받은 사람들의 시간은 하나같이 도태되어 있고 현저히 느렸다. 흐르는 시간은 잔인하고, 모두에게 공평했으나 어디까지나 사랑은 공평하리란 보장이 없다. 글 밖의 현실에서 어쩌다가 너를 사랑한 나는 또다시 철저한 약자가 된다.

사랑한다. 침묵으로 일관한 너의 갑질이 반가웠다. 언제까지고 사랑의 우위를 차지한 네가 내게 준 유일한 특권이었으니까.

로망 실현

양동이에 물을 담고 가다가
방심하고 엎질렀는데

너와 눈이 마주친 순간
물은 별이 되고
맨땅이 우주가 됐어

사랑하는 일은 그런 거야

숨을 쉬지 않아도
보는 것만으로
온 세상이 오는 일인 거야
온 우주를 맛보는 일이야

보통 연애를 하고 싶었다. 퇴근 후엔 여름의 열대야를 만끽하며 한강에서 맥주 한잔하고, 주말엔 둘 다 잠이 많으니 서로 꼭 끌어안고 늦은 오후까지 실컷 잤으면 좋겠다. 자전거로 동네 한 바퀴를 돌고, 같은 책을 읽으면서 서로가 놓친 문장을 다시 읊어주고, 아주 오래되고 유치한 영화를 보면서 웃고 울고, 실패한 요리를 나눠 먹고, 얼굴이 달아오를 때까지 술을 마시고, 겨울엔 담요 한 장 함께 두르고 로맨스 영화를 섭렵하고 싶다. 종일 끌어안고 있는 일상의 사소한 일들처럼, 흘러가는 하루의 끄트머리를 혼자가 아닌 둘이서 잡고 버티고 싶었다.

왜 내가 하는 사랑은 죄다 실패인지. 하루는 신을 앞에 앉혀두고 청문회라도 열고 싶었다. 사랑을 할 수 있는 자격이라도 있는 건지, 그건 어떻게 받아야 하는지. 헛된 질문이라도 던지고 싶었다. 왜 내가 사랑하는 사람은 나를 사랑하지 않는지. 당신도 누군가를 사랑하듯 나도 당신을 사랑하는 것뿐이다. 사랑한다는 특권. 선택받은 것이든 뭐든 나는 있는 힘껏 당신의 결핍을 메워주고 싶었을 뿐이다. 당신의 허점마저 사랑하고 싶다.

어쩌면 보통이 아닌 사람과 보통 연애를 한다는 게 내 욕심일지도 모른다. 1초만 지나도 과거인 시간 틈에서 당신은 죽지 않는 현재. 내 세계의 모든 시간을 앗아간 당신, 내가 가장 여유롭고 평온하게 영위할 수 있는 순간의 매개체. 만약 당신이 겨울의 햇살을 보고서 봄이라고 하면 맹목적으로 봄이라 찬사를 보낼 것이며, 오뉴월에도 눈이 내린다고 하면 그때부터 내 기도 제목은 여름의 눈이 될 테니까.

미아

너를 볼 때 난 항상 미아가 되곤 했다
시선을 잃거나, 마음을 잃거나

너를 좋아한다. 그 애 어디가 좋으냐고 물으면 글쎄, 할 말이 없었다. 그냥. 보름달보다 맑은 눈, 결이 고운 마음의 빛깔, 눈웃음…. 그렇게 콕 짚는 것 말고 이유 불문 '그냥' 좋다고 말하면 더 두려울 것이 없었다. 질주할 수 있을 것 같았다. 멋대로 나아갈 수 있었다. 그 말은 오래 사랑할 수 있겠단 믿음이었다. 시선은 마음을 결박시키지 못했다. 그냥 좋아서 계속 네 언저리에서 서성거렸다. 가슴이 간지러웠다.

너는 가끔 여기 있다.

행복 간이역

멀리서
쌓아놓은 길을 즈려밟고 온다
심장을 차고 달리며 오고 있다

다 왔다
그대와 사랑하고 싶은 계절이다
목숨 걸고 사수했던 역이다

"때때로 사랑은 긍정보다 부정적인 반응이 먼저 나오기도 해. 하다못해 날 봐, 눈앞에 커플만 지나가도 몸서리치잖아. 아, 물론 장난이긴 하지. 누군가가 진지하고 엄숙한 태도로 네 사랑을 존중하지 않고, 멸시하고, 심지어 혐오한다고 해도 네게 온 사랑을 부정할 권리는 너한테만 있는 거야. 첫눈에 반했다든가, 좋아하면 안 될 사람을 좋아한다거나.

아, 물론 네 사랑이 누군가에게 상처를 주지 않는다는 선에서 말이야. 어떤 사랑의 형태든 주눅 들지 마. 꼭 어디서 만나야 하고, 일정 기간은 밀고 당기를 해야 하고… 일련의 절차가 있는 사랑은 어디까지나 내게 익숙해서 자주 보이는 거지. 내가 인지하지 못하는 순간에도 사랑은 항상 우리 곁에 있으니까. 거부하고 부정할 권리, 그건 사랑을 가진 사람들만의 특권이란 걸 잊지 마. 다가올 날을 핑계로 네게 행복한 현재를 포기하라고 할 사람은 없어."

당신의 일부, 나의 전부

너의 전부를 사랑하고 있어서
나의 일부로는 감당되질 않았다
일부러라도 전부 사랑해야만 했다

당신의 일상과 내 일상이 동시에 흘러가고 있었다. 창가에 앉아서 지나가는 사람, 통화하는 사람, 스킨십하는 연인을 보며, 무엇보다 유리창에 비친 평범한 날 바라보며 그 언젠가 당신이 들려줬던 노래를 들었다. 음정은 다 틀렸고, 박자는 종종 놓쳤으며, 가사마저도 엉망이었다. 일평생 들어본 노래 중 가장 형편없었다. 그래도 지나가는 하루에 나의 일부로 함께하고 싶었다.

평생 들어보고 싶었다, 세상 전부인 것처럼.

유성우가 떨어지던 밤

너는 나를 어떻게 사랑하느냐고
그가 물었다

오늘 밤 떨어지는 유성우들이
다 네게 떨어지라고
그렇게 하나뿐인 소원을 쓴다고
내가 말했다

전부는 아니더라도 일부 사람들은 자신의 무지가 탄로나는 걸 싫어하고 부끄러워할 거야. 나는 그중 하나여서 "나를 얼마나 사랑해?"라고 묻는 너의 질문에 답을 하지 못했어. 사랑의 정도와 깊이를 설명할 단어 하나 떠올리지 못해서, 네가 내 사랑이 얕다고 오해하고 좌절하게 된다면 언제나 나는 사랑을 설명할 수 있는 말들에만 연연하겠지.

사랑해. 난 네 앞에서 가장 순수했고, 자주 뜨거웠고, 너무 들떴고, 많이 무너졌어. 사막에 핀 꽃처럼 내가 할 수 있는 것들을 모조리 쏟아부어서라도 너를 피워내고 싶었고, 네가 날아갈까 봐 앞에선 숨을 멈추는 것따위 일도 아니었다고.

통로

무리를 쫓지 못한 실타래 바람이
내 머리를 쓰다듬고 갔다
커튼을 관통한 빛의 집중 공격에
미간에 주름이 잡혔다

그런데 이상하지
햇빛이 닿는 곳은 차고 넘치는데
왜 너만 반짝이는 거야

"우리의 시간이 전부 꿈이진 않을까?" 당신은 자주 불안해했다. 행복은 가지지 못하면 욕심났지만 갖고 있으면 두려운 것이기도 했다. 기쁨의 전원이 꺼지는 것에 대한 공포. 언제 무너질지 모르기에 더욱 확신이 없었다. 일어나면 나약한 환희가 사라졌을까. 무서움에 잠긴 당신을 위해 밤마다 귓가에 속삭였다.

걱정 마. 현실이 아니더라도 사랑할게.

천국, 단서

넌 모를걸
나를 숨 쉬게 하는 건 세상을 감싼 산소가 아니라
너의 눈빛이었다

정작 그 눈길에 담금질할 때마다
나는 천국 문을 몇 번이나 드나들었지만

내가 이 밤에도 그대를 생각하고 있다는 것을 그대는 죽어도 모를 테지만 난 그걸로 됐다. 죽었다 깨어나도 잊지 못하는 그대라는 사람이 나의 반평생 혹은 그 이상을 지배하고 있었단 황홀감은 겪어본 사람만 알 테니까. 실현 가능성이 없는 사랑이라고 해도 뭐가 문제야. 현실이 무슨 상관이야. 그대의 환영에 입 맞출 때, 그 잠깐의 사색을 내가 얼마나 사랑하는데.

소원

"나 만나기 전엔 왜 연애 안 했어요?"

"몰랐어요. 세상에 사랑이 있다는 거 자체를."

드디어 나사가 하나 빠진 게 분명하다. 어느 순간부터 당신과 닿기만을 바라고 있다. 곧 죽어도 이루어질 수 없다는 현실을 직시하고 있으면서 하늘을 봐도, 비가 와도, 심지어 길가를 걸으면서도 당신 생각뿐이었다. 품었다는 이유 하나만으로 평생 앓을 병이 열병이고, 죽어서도 들끓는 가시밭길이라면 당신의 인생을 파노라마로 길게 깔고 물집이 잡힐 때까지 걷고 싶었다. 옆에서 걷지 못하니 이렇게라도 당신의 인생을 탐방하고 싶었고, 곁에서 숨 쉬고 싶었다.

평생의 소원이었다. 당신과 같은 길에 있어보는 게.

너에게

이 봄이 무슨 소용이니
별안간 뒤뜰에 핀 꽃보다
네가 더 싱그러운데

"관측목이라고 있어. 올해의 봄꽃 개화 시기를 알리기 위해 기상청에서 그 지역의 표준 나무를 하나 지정해. 그 나무에 꽃이 피는 걸 보고 발표하는 거지. '올해는 이때쯤 꽃이 피고, 봄이 오겠군요.' 하는 거 말이야. 비밀인데 내 세계의 관측목은 너였어. 네 말에 꽃봉우리가 맺히고 꽃을 빙자한 네 웃음이 마음에 피면 비로소 내 세계에도 봄이 왔다고 소리치곤 했지.

내가 너를 사랑함은 온 지구에 따스함을 알리는 것과 동시에 시작된 일인 거야. 거스를 수 없게."

스며들다

너의 말을 내 삶에 투영한다
어떤 참고서도 필요없다

앞장서라고 하면 앞장서서 기나긴 수풀 길도 헤쳐갔다
후회는 어디에도 없었다

모든 과정을 거쳐내고
기어코 당신 삶 한쪽으로 스며들고 싶었다

두런두런 이야기를 나누다 네가 팔을 뻗는다. 엄마의 품에 파고드는 아이처럼 체온을 나누다, 네가 잠이 들면 나는 네 얼굴을 바라본다. 네 손목에 머리를 다시 대어 작은 맥박 소리에 귀를 묻는다. 매일 밤 내가 잠들 수 있는 곳은 네 심장, 하나뿐이다.

첫사랑

너를 사랑하지 못할 바엔 내가 걸어온 삶은 모두 꿈이어도 좋다

간혹 땅 위에 새겨진 모든 길을 지우고 새 길을 그리고 싶다고 생각한다. 당신이 사는 집이라거나 다니는 직장, 주말마다 가는 카페라거나. 땅의 모든 경계를 허물고 싶다. 나는 가끔 그렇다. 내가 생각하는 것보다 더 당신을 사랑해서 모든 것을 처음으로 되돌리고 싶다. 내 앞에서 유독 느리게 뛰는 순백의 깨끗한 당신 심장을 들고 그래도 이건 사랑이라고 정의해버리고, 당신의 처음에 나라는 수식어를 들이밀면서.

너의 봄을 기다리고 있다

바람이 두 번 일렁이고
달빛이 새벽을 마주한 날
잠이 든 세상에 별들이 닿아

눈을 감고 새벽을 닫듯
나의 이 여름도 저물고 있었다

여름의 끝자락
앞으로 다가올 나의 혹한기도 두려운데
너의 봄을 기다리고 있다

누군가는 자신의 연애 횟수에 자부심을 느끼며 살아간다. 몇 번의 사랑과 이별을 거쳤다는 이유만으로 종국엔 연애 카운슬러가 되어버리는 것. 그렇게 중요한 건진 모르겠다. 많은 사람을 만나고 경험을 하는 것이, 연애에 있어 마주하는 숱한 상황에 요령있게 넘어가는 데 도움은 될지언정 으스댈 이유는 되지 않는다. 경험만이 사랑의 모든 것을 증명하는 건 아니니까.

전해주고 싶은 말이 있다. 아직 연애나 사랑 앞에서 망설이며 시작하지 못한 사람들에게. 타인의 무수한 경험과 연애담 앞에서 당신이 주눅 드는 것은 당연할지도 모른다. 내가 히말라야 산을 올라가지 못했지만 그곳을 무서운 공간으로, 심리적으로 내게서 먼 공간으로 인지하고 두려워하는 마음과 비슷하다.

처음은 다 그렇다. 경험하지 않고 정복해보지 않았으니까. 하지만 당신에게도 특권이 있다.

당신과 사랑을 시작하는 그 사람은 누군가의 '첫사랑'이 될 것이다. 이왕이면 솔직해지자. 나는 사랑 앞에서 자신은 없으나 너는 내 첫사랑이니 그만한 사랑을 주겠다고, 당당히 말해보라. 백색의 깨끗하고 순수한 말로 최대한 다채로운 세상을 증명해 보일 수 있는 사람은 그리고 누군가에게 처음이라는 영위를 안길 수 있는 사람은 아직 사랑을 시작하지 못한, 당신들뿐이다.

내가 사랑이란 범주에서 유일하게 단언할 수 있는 건 하지 않았다고 슬프고, 한다고 기쁜 일은 아니라는 것이다. 괜한 생각으로 당신을 절망과 어울리게 하지 말기를.

어차피 사랑 앞에서 나약해지는 건 누구나 다 똑같다.

너를 사랑한 경력

사랑해. 할 줄 아는 게 이것밖에 없어서 이건 오래 변하지 않을 거야.

세상 속 미의 기준이 여러 번 바뀌는 동안에도 내가 아는 미인은 너 하나밖에 없었다. 시간이 괘종시계부터 뻐꾸기시계를 지나 벽시계로 걸어올 때까지 아름답다라는 말이 내게서 통용되려면 너를 지나야만 했다. 이따금 쏟아지는 네 물음에 능청스럽게 대답할 수 있는 나날도, 날이 갈수록 태연해지는 눈빛들도 다 너를 사랑한 시간이 낳은 경력이다.

봄이 피었다

너를 마주한 순간
벚꽃물 든 볼이 볼록 올라가고
옅은 볼우물이 패이고
눈이 꽃처럼 사르르 접히는 그 순간

이별에 관한 노래를 들으면 마치 내가 누군가와 사랑했다가 헤어진 사람이 된 것만 같았고, 자기계발서를 읽으면 그렇게 살아야겠다고 다짐했으며, 사랑에 빠진 연인들을 보면 당사자가 되어 더불어 사랑하는 것 같은 착각에 빠졌다. 하루를 등지고 걸어오는 너를 볼 때면 내 진심을 마구마구 남용하고 싶어졌다. 너는 꼭 사랑해야만 할 것 같은 당위였으며, 땅 위에 흩뿌려진 모래알보다 많은 빛이었다.

나는 너의 찰나를 모르지만 너의 찬란을 알았다.

눈길

지평선 끝까지
그대의 눈빛이 내렸어요

나는 처음처럼
눈이 멀어
열심히 헤매고 싶어요

누군가가 내게 너에 대해 한 문장으로 정의해보라고 한다면 나는 과감히 가족 외에 사랑을 증명할 수 있는 사람이라 말할 것이다. 정인이여, 나는 가끔 토막 나 당신 곳곳에 묻히고 싶다. 발바닥이든 혀끝이든 손톱 밑이든. 당신이 내 고향 같다.

언제나

봄으로 가고 싶다

어디든 당신이 활짝 피어 있을 만한 곳으로

너는 아침의 햇살을 좋아하고, 햇빛 아래 볕이 잘 드는 창가 바로 옆 벽에 모로 붙어 낮잠 자는 것도 좋아하고, 브리티시 팝을 좋아하고, 나로선 도무지 이해하지 못할 심오한 소설책도 좋아한다. 자기 직전엔 책상 옆 보조 등을 켜 양장으로 제본된 두꺼운 책을 읽고, 늦은 오후까지 목은 다 늘어나고 앞면의 프린트는 다 해어진 잠옷의 용도로밖에 보이지 않는 티셔츠와 면바지를 입고 다르랑다르랑 코도 골며 대자로 뻗어 자곤 했다. 어정쩡한 외모라며 거울 앞에서 자주 질책하기도 했고, 머리 손질을 잘못해 우는 소리도 종종 냈다. 너의 내면이고 외면이고 전부를 사랑해버린 나로선 이해하지 못할 행동이었다. 그렇게 물끄러미 보고 나서는 심히 사랑스러운 너의 일과를 처음처럼 느껴보고 싶다는 생각을 했다. 이미 더 익숙해질 대로 익숙해졌음에도.

너를 처음 본 사람들의 눈동자가 부럽다. 네 목소리를 처음 들은 귀마저도 부럽다. 처음이 주는 경이로움을 다시 느껴보고 싶다. 너만의 경이로움. 나라고 처음부터 너였던 건 아니었다. 남들 다 하는 사랑이고 이별인데 나라고 못할까. 이런 가벼운 생각을 기점으로 숱한 사람을 만났고, 상처 주고, 받고, 헤어졌다. 사랑에서 필수 구성 요소처럼 꼭 필요한 절차처럼 밟아갔다. 내 곁을 지나간 많은 사람을 나라는 단 한 명이 상처 줄 수 있다는 걸 깨우친 건 얼마 되지 않은 이야기다.

어떻게 행복하기만 한 사랑이 있느냐고 하나같이 외치던 내 관념들이 너를 기점으로 싹 다 없어졌다. 이렇게 행복한, 행복만 있는 사랑도 있다. 단언하건대 다 네 덕분이다. 오랜 시간을 앞다퉈 사랑했어도 너에 대해 모르는 것이 열 손가락이 넘어갈 정도로 많다. 네가 가장 좋아하는 화가라거나 힘들 때 혼자 이겨내는 법이라거나…. 너를 구성하는 아주 사소한 것들 말이다. 죽을 때까지 알아가고 싶은 마음이다.

나 같은 인간은 세상에 필요하지 않다고 생각했는데, 나의 존재 이유가 너를 사랑하기 위해서라면 언제든 좋다. 언제나 합당하다.

모든 것

너의 모든 것을 사랑하고 싶어

나의 모든 것을 부정했다

너를 가장 우선시할 수 있었던 것은 여태까지의 나는 이런 빛깔의 사람을 본 적이 없고, 이런 농도의 눈빛을 받은 적이 없으며, 이런 뜨거움을 안아본 적이 없었기 때문이다. 나의 세상에선 네가 가장, 제일, 최고로 아름답다.

마치 네가 빚어지고 아름다움이라는 말이 생겨난 것처럼, 잘도 아름답다.

유쾌한 등반

올라갈 때마다
정복이었고
멈춰 있으면
숨이 찼다

골똘히 생각하면
사랑하는 것보다
사랑하지 않는 일이 더 힘겨웠다

너를 생각한다. 사계가 숨을 쉰다. 너의 숨소리엔 봄의 개나리가 피고, 여름의 풀벌레가 살고, 가을의 낙엽이 뒹굴고, 겨울의 눈송이가 내린다. 별 하나 빛나지 않는 밤에도 눈이 부셔 잠들 수 없고, 바람이 나뭇잎 한 번 만지고 지나가지 않는 하늘에서도 서늘함을 느낀다.

대단히 혁명적인 일이다. 지금이 아니면 오지 않는 시간을 너에게만 투자하고 있다는 것은, 골똘히 집중하고 몰두해 탄생한 생각의 근원이 너라는 단 한 사람으로 귀결되는 것은.

감기

못다한 고백을 포함해 널 향한 말들이

얼마나 목 뒤로 넘어갔는지 목이 다 헐었다

너는 그렇게 왔다. 열심히 살아왔다고 자부한 내 삶이 무색해져 보이게끔. 곳곳에 숨어든 작은 어둠조차 분간하기 힘들고 '곧 내 인생도 저 어둠에 먹히겠지.'라는 생각이 들 때, 네가 내렸다.

소낙비처럼 흠뻑 적시다가도, 안개비처럼 내 시야를 다 가렸다. 구름의 먼지를 씻는 비처럼 어딘가에 꼭 숨겨놓았던 내 상처까지 씻기고 내려갔다. 상처만 씻기면 좋았을걸, 하필이면 넌 내 온 구석을 적시고 갔다. 빛이 들지 않는 곳까지.

머지않아 곰팡이가 피었다. 깊고 넓게, 빨리 온 신체에 피어났다. 체내의 한 부분은 화산처럼 뜨겁고, 하늘인지 바단지 물 위를 뛰는 것처럼, 구름 위를 누비는 것처럼 걸었다. 너를 생각하면서.

그 무렵의 나는 모르고, 지금의 나는 아는 것.

최초의 파장은 사랑이라는 이름으로 자주 불렸다.

애인

할 말이 없었다. 멍하니 앉아서 입을 벌리고, 쏘아대는 빛은 견디고 얇게 실눈을 뜨고서라도 담아냈다. 감탄만 나올 뿐이다. 대가를 지불하지 않고도 감상할 수 있는 피사체라니. 당신이라면 평생을 투자한 전 재산도 내놓을 수 있었는데.

재고 따지는 것도 그만해야 하는데 마음처럼 쉽지가 않아요. 나는 사랑에서 항상 을이었고, 나보다 상대가 먼저였고, 결국은 내팽개쳐지는 존재였어요. 안고 있어도 반짝이지 않는 추억처럼. 그래서 선불리 당신이 좋다고 먼저 말도 못하겠고, 날씨가 좋은데 같이 걷고 싶다는 말도 못하겠어요. 무섭고, 무겁거든요. 사실 나를 드러내면 또 을이 될까 봐 두려워요. 나도 만족할 만큼의 사랑을 하고 싶어요.

그러니까 먼저 연락해주면 좋겠어요. 시시콜콜하고 잡담에 불과한 이야기도 좋으니까 언제든지 마음 터놓고 나를 찾아왔으면 좋겠어요. 좋았던 일, 슬펐던 일, 한없이 우울했고 사무쳤던 과거까지 이야기해주면 더 좋을 것 같아요. 먼저 두드려주면, 문을 두드린 사람이 당신이라면 난 언제든 문을 열 수 있을 것 같아요. 아이처럼 사붓거리는 발걸음은 내게 심벌즈 소리처럼 쨍쨍하게 울릴 것 같아요. 무슨 악기라도 되어 당신의 발걸음에 화음을 넣고 싶어요. 말하지 못하고 쓸 수밖에 없어서 이런 내가 나도 부끄럽고, 쑥스럽지만 당신은 알아줬으면 좋겠어요.

소심한 나를 사랑해줄 사람이 당신이면 좋겠고, 대범한 당신을 사랑할 사람이 나였으면 좋겠어요. 방치하고 있는 내 손을 잡고 세상으로 이끌어주면 좋을 것 같아요. 아마 그 세상이 천국일 거예요. 사랑으로 해가 뜨고, 달을 비추고, 바람이 불고, 꽃이 피고 지는. 내가 언젠간 그곳에 갈 수 있다면 동행인은 당신이었음 해요.

운명

나는 내가 만든
이 완벽한 시나리오에
너를 대입한다

너를 꾀어내기
가장 좋은 대본이다

말하지 못한 게 있어. 정말 사랑하는 너지만, 네가 말하는 것 중 운명이란 단어는 절대 안 믿었다. 아니, 지금도 안 믿고 있어. 조금 억울했거든. 언젠간 올 사람이었고, 지나갈 사람이라는 의미로 느껴져서. 사실은 그게 아닌데. 내가 몇 다리를 걸치고 걸쳐서 널 만나려고 얼마나 노력했는지 넌 모를 거야. 네가 달고 사는 운명, 그러니까 '우리'는 시간이 만들어낸 인연이고 사랑이 아니야. 내가 발꿈치를 들고 손을 있는 힘껏 뻗어서 네가 사는 세계로 겨우 온 거지. "닿았어? 만났어?" 몇 번이나 묻는 사람들의 질문 속에서 드디어 긍정할 수 있었을 때, 내 신체의 모든 구석이 환호성으로 몇십 번 채워졌었는지.

난 네가 더는 운명이란 단어와 친해지지 않았으면 해. 누군가 한 명쯤은 널 만나기 위해 온갖 삶을 거치고, 걷지 않아도 될 길을 걷고, 울지 않을 일에 자주 울고, 받지 않아도 될 상처를 다 받아가며 너를 만나기 위해 걸어오고 있을 거라고 말해주고 싶었어. 그게 나였어. 내 생애 처음으로 성취한 사람이 너였고. 또 내가 처음으로 안은 기쁨의 형체가 너였어. 기쁘다는 감정이 이렇게 따뜻하고, 밝다는 걸 처음 알았다.

내가 아주 오래전부터 그려온 이상향과 너는 아주 멀리 있었지만 그런 거 하나 기억나지 않을 정도로, 이기적인 마음 다 내팽개칠 정도로.

사랑해.

내가 믿을 운명은 이거 하나야.

내가 널 사랑해야만 한다는 운명.

상실의 계절

어느 날은 봄과 여름
가을과 겨울처럼 가까웠다
또 어느 날은 여름과 겨울처럼 멀었다

세계가 뜨거워질수록
봄이 여름에, 가을은 겨울에 스며들었다

너에게 우리의 사랑은 지구의 일부여서
지구의 계절처럼
가까웠다가 멀어졌다가 없어진 걸까

못내 아쉽다

나에게 너는 우주의 별이었고
우리의 사랑은 우주도 관여할 수 없는 세계였는데

1일 11월.

이 무렵 이별을 했다. 여기서 내가 말하는 이별이란 연인이 합의해 헤어지고 서로의 안녕을 바라는 이별은 아니었다. 일방적인 통보였고 그것의 무게는 법정의 선고처럼 퍽 무겁고 단단히 무장되어 있었다. 사랑으로 시작했으나 짝사랑으로 버려진단 뜻이다. 같이 시작하고, 홀로 네게서 버려지는 일. 사람이 많은 곳에선 반나절 가까이 아무 말을 하지 않고 살아갈 수 있을 정도로 소심한 나를 끌어낸 건 너였다. 상상해본 적도 없는 일이었다. 책과 영화, 주로 현실을 그리지 않는 매체에서만 등장했던 구세주가 내게는 너 하나였다. 하지만 스무 해 넘게 소심하게 살아온 내가 한 번에 바뀌는 것도 퍽 어려운 일이었다. 먼저 보내지도 못하면서 휴대폰 메시지 창을 오래 들여다보기도 했고, 달을 빌미로 소원이랍시고 너의 연락을 기다려본 적도 있다.

소심한 인간의 사랑이란 그런 것이었다. 나는 늘 그런 사람처럼 살았고, 아마 그게 네게서 버려진 이유 중 가장 큰 것이 아닐까 싶다. 친구들이 넌지시 '너 정말 그러면 안 돼.'라는 충고를 조금 더 새겨들을걸. 사랑의 당사자가 아무 말 않는다고 나는 어줍잖게 안주하고 있었다. 그에 내리는 벌일까. 끝에는 무관심으로 헤어졌다, 너의 사랑과 너와.

온 마음 바쳐서 사랑하지 못해 후회는 한가득했고, 나는 너를 기억했으나 네게는 내가 떠올리기도 싫은 사람일까 전전긍긍하느라 미련이

덕지덕지 붙었다. 9월에 헤어지고, 그렇게 옹졸한 인간으로 10월을 보냈고, 11월에 들어서야 비로소 나는 너를 보냈다. 완전히 잊었다는 뜻이다. 11월 은 너와 헤어진 달이지만, 동시에 새로운 시작을 의미하기도 했다. 1년 가까이 앓아온 상대를 기억하지 않고도 온전히 살아가기란 여간 힘든 게 아니었지만. 매일 밤은 울면서 잠들었고, 매일 아침은 일어나고 싶지 않았다. 그렇게 가까스로 살아왔고 벌써 1년이란 시간이 지났다. 너는 어떻게 지낼까. 들려오는 소리에 의하면 새 사람과 다정히 연애도 하고, 따고 싶어 했던 자격증도 땄고, 내가 과거에 사랑했던 너처럼 무던히 잘 살아오고 있다고 들었다.

1년이란 시간 동안 네가 싫어했던, 네게서 버려졌던 내 모습을 나도 조금 버렸다. 많은 사람을 만났고, 혼자서도 일을 시작하면서 예전의 나를 아주 조금 탈피했다. 사랑을 기점으로 이렇게 성장할 수 있었다면 네게 조금 더 잘할걸. 이 후회는 아마 평생의 숙제일 것이다.

정말로 11월이다.

나는 어떻게든 어제보단 오늘이 좋기를, 내일은 그보다 완벽하기를 바라고 있다. 너와의 이별을 상기시키는 잔인한 계절 속에서, 너와의 헤어짐을 기억하는 시작의 달에서 무슨 방식으로든 내가 허용할 수 있는 범위에서 잘 살아보려고 하고 있다. 이 글은 네게 전달하지 못한 채 또 언젠간 버려질 이면지에 불과하지만, 나는 나의 행복이든, 너의 행복이든 온전하길 바란다. 앞으로도 하고 싶은 것을 즐기면서, 뜨겁고 다정한 연애를 하면서, 너를 기반으로 만들어진 세계를 온전히 완성하면서 그렇게 살기를 바란다.

11월만 되면 떠오르는 네가 이 계절을 닮아 춥지 않기를, 어떤 시림도 품지 않기를 바란다. 내가 이렇게 살아올 수 있었던 이유의 8할은 네게 있으므로 너의 안녕이, 곧 나의 감사다.

사랑이 숨 쉬기 좋은 계절

늦은 밤이다. 내일의 나는 또 오늘의 나와 다른 모습으로 삶을 대하겠지만 나를 완성하는 종국에는 사랑이 있기를 간절히 바란다. 오늘은 새벽 내리 공들여 글을 써야겠다. 뙤약볕에도, 열기로 가득 찬 밤에도 사랑으로 연명할 수 있었던 시간을 돌이켜본다. 사랑이 숨 쉬기 좋은 계절이다.

사람이 특출나게 한 가지를 좋아할 수 있다는 것은 굉장히 대단한 일이다. 그 분야를 알려고 관련 서적을 찾아보기도 하고, 그것에 대한 지식으로 '다른 건 몰라도 이것만큼은 자신이 있다.'라는 뉘앙스와 함께 전문적인 단어를 사용하기도 한다. 따지고 보면 한 가지에 미친 듯이 몰두할 수 있다는 건 그렇게 흔한 일이 아니란 말이다. 그 모든 것은 사랑이란 세계에서 이루어지지만, 별개로 사랑하는 것도 마찬가지다. 낮과 밤이 내보내는 바람의 체온이 다르고, 더위보다 추위가 가까운 시점.

이 계절이 오면 떠오르는 사람이 있다. 처음도 아니고, 끝도 아니고 어딘가 모호한 위치에서 내 곁에 머물렀던 사람. 그와 사랑할 당시엔 일전에 몰랐던 단어와 문장들을 부지런히 알아내 그에게 읊어주려고 노력했었다. 국어사전을 뒤적거리다 이 단어는 당신에게 어울리는 말이라고 붙여준 적도 있고, 생전 사지도 않던 사랑에 관련된 시집을 사서 시를 읽어준 적도 있었다. 존재조차 몰랐던 단어들이 입버릇처럼 술술 나오기도 했다. 그것이 지나가는 감탄사든, 사랑의 송가든, 상대를 서술하려는 말이든. 그렇게 단어는 확장되어가고, 나를 위한 말보다 상대를 위한 말들에 더 무게가 실리며 세상은 가중되어간다. 일전의 세계는 부지런히 내가 허락하는 선에서 커져나갔지만, 사랑할 땐 더는 나의 허락이 필요하지 않게 됐다. 나의 세계보다 그만이 용인된 세계가 더 나를 차지하고, 한 사람에게 모든 시간과 집중을 들인다는 것. 나는 그로 인해 그것이 사랑이라고 배웠다. 굉장히 대단한 일이라는 것을 알았다.

너의 모든 순간

식빵 사이로 숨어든 건포도 같다

퍽퍽하고 메마른 것들 사이에 숨어들어

우연찮게 발견된 단 빛 같다

너는 말이다

작은 믿음이라도 있어야 한다. 무슨 상황이 와도 나는 결국 잘될 거라는 것. 대놓고 위로라고 하는 말 중에선 인과관계가 없는 것이 대부분이었다. 그 말들에 의존할수록 내 말이 설 자리가 없어진다. 신이 스스로 말을 할 수 있고, 생각을 할 수 있게 만든 이유는 언제든지 그것들은 내 마음과 신념을 달래는 장치가 될 수 있기 때문이다. 돌이켜보자. 삶이 자주 무겁고, 고된 것은 자신을 알아줄 여유와 기력이 없어서가 아닐까.

많이 지친 나를 생각하는 순간이 있어야 한다. 누군가의 말에게서 위로를 받는 내가 아닌 나를 사랑하는 나에게, 나의 모든 순간을 기억하는 내가 나를 정말 사랑하고, 나는 이 순간에도 빛나고 있다고.

나의 일은 쓰는 것이지
그리는 것이 아닌데
왜 나의 해묵은 일기장에는
너를 그리는 그리움만이
가득한가

2

너를 사랑하는 일을 잘했으면 좋겠다

차이

너는 내가 아닌 것보다 나는 너여야만 한다는 것이 더 슬프다. 다른 것에 견줄 수 없는 고통이다. 내가 없어도 일상이 순탄히 이루어지는 너와 네가 없으면 하루도 채 완성하지 못하는 나와의 차이는.

네가 날 보고 싶어 하면 좋겠어. 어두운 하늘에 조명이라곤 달밖에 없는 고요함 속에서 내 얼굴을 떠올렸으면 좋겠어. 아무것도 없는 골목길에서 날 그리워했음 좋겠어. 내가 뭘 하는지 생각하면 좋겠어. 뜨거운 햇볕 아래서도 내 손을 잡고 싶어 하면 좋겠어. 길을 걷다가도 버스를 타다가도 내 빈자리를 느끼면 좋겠어. 무엇보다 나를 사랑했으면 좋겠어.

네가, 그대는, 당신만.

독백

이 시간에 생각나는 사람이 있었다
시간마다 햇살의 강도가 다 다르듯이
떠오르는 이들도 다 달랐다

그리움에 사는 사람들
그들과 눈을 마주하고
보고 있고 싶은
녹녹한 오후

오늘은
몇 명을 끌어안고 가야 할까

"인간과 인간이 얽히는 건 살아온 배경과 시간의 합이라서 인간관계를 단순히 쉽고 어렵다고 따지기엔 무리가 있지. '쟤는 항상 편한데 나는 왜 불편하지?' 같은 상황에 대해 비관적인 시선을 가질 이유가 없어. 좀 어려워져도 되는 일이야. 한 번도 초대한 적 없던 손님들을 위해 나의 어떤 것을 정리하는 건 마음을 막 쓸 수밖에 없잖아.

단 한 번도 사랑한 적 없던 사람들을 사랑하기 위해선 그만큼의 정당한 시간이 필요하니까."

타협

눈이
많이
쌓여서

나는
네 눈에
들지 못한 거라고

혼자다. 혼자라는 것에 당위성을 부여하기 시작했다. '창공을 가로지르며 떨어지는 별똥별조차 혼자인데 땅에서 나고 자란 우리가 혼자라고 힘든 게 뭐가 어때서.'라고 생각한 적도 있었다. 오후 늦게 일어나서 하는 거라곤 휴대폰을 들여다보고 있거나, 창밖으로 자기들끼리 떠들기 바쁜 아이들의 대화를 본의 아니게 엿듣는다거나, 미루고 미룬 설거

지와 빨래를 한다거나, 창틈 사이로 비춘 동네의 모습에 탄성을 내뱉는 일인 걸.

일상적이고 소소한 하루들 사이에서도 어떤 날엔 당장이라도 죽을 만큼 굴고 싶다가도, 어떤 날엔 악착같이 살고 싶어졌다. 만남과 헤어짐을 반복하면서 공허의 참뜻을 알게 됐고, '내려가도 내려가도 마지막이 없구나 바닥이 없구나 절망의 연재이구나.'°라는 어느 책의 구절도 비로소 이해했다. 맺어지지 않는 문장을 들고 밤새 고민하고, 퇴근하고 들어오면 이제부터 몇 시간 잘 수 있을까 계산하기 바쁘고. 단 한 번도 해본 적이 없던 일에 대한 고민과 상념에 잠겨 결국에는 자기혐오로 이어지는 단순하고도 어려운 패러다임에 빠지기 시작했다. 온종일 잡고 있어도 써지지 않는 글은 필연적으로 철저히 외로울 때 써졌다. 외로워야만 했나? 의문이 들었다. 왜 외로움 앞에선 모든 게 나약해져야만 했는지. 외로움에 익숙해지는 것이 두렵다. 한 평도 내 자리가 없다. 혼자라는 최악과 세상이라는 차악을 어렵게도 소화시키는 중이다.

° 고은의 「배반」 중(『상화 시편: 행성의 사랑』(창비, 2011) 수록시)

기록하는 일

사랑하는 동안 소복이 쌓여
몇 번이나 쓸어 담긴 그리움이
얼마나 텁텁했는지 당신은 알긴 하는지.

이름을 바꾸고 싶은 마음이 들었다. 계절의 이름으로. 하얗다라는 뜻을 지닌 성과 계절의 이름을 붙이면 하얀 봄, 하얀 여름, 하얀 가을, 하얀 겨울. 유일의 색을 가진 네가 종이의 활자처럼 네 생을 적어 내려가는 것이다. 내 방의 하얀 조명은 너만 밝힌다. 결국 다채로운 것은 너 하나다.

너의 모든 계절을 기록하는 일 혹은 내가 너의 계절 하나를 가진다는 일. 단언컨대 그 이름의 삶은 나쁘지 않을 것이다.

사랑에게

한 사람으로 하여금 내 생이 멍청해지고자 한 적도 없다

나긋한 숨소리를 듣고 가슴 설레게 내버려둔 일 또한 없다
안부를 전하는 일이 당신을 계속 보고 알고 싶다는 암묵적인 제안
이라고도 말하지 않았다

나는 네게 내 마음을 점령할 기회를 준 적이 없다

신의 배려가 있었다면 애초에 그는 사랑을 만들지 않았을지도 모른다. 만일 그랬더라면 종교, 성별, 나이를 초월해 사랑하는 것을 두고 사람이 사람에게 손가락질 하는 일조차 없었을 테고, 그리움이란 불치병이 전염되듯 퍼지지도 않았을 거고, 흩날리는 벚꽃잎을 눈처럼 내리 맞으며 연인이 꼭 있어야겠다는 허튼 망상 따위도 하지 않았을 것이다. 이 길 위에 같이 있다는 이유만으로 충분할지도 모른다. 그의 배려가 없었기에 사랑은 때로 퇴역 군인의 총처럼 무거웠고, 오래 읽은 책처럼 끊기 두려웠고, 지금이 아닌 지난, 단어 한 끗 차이로 번번이 패배감에 잠기는 일이 잦았다.

조망권 침해

나는 창문을 기준으로 안쪽에 있다
바깥 풍경의 상록수 뒤엔 네가 있다

가는 네 옷자락을 지켜보다
이내 저 상록수를 밀어버릴 생각을 한다

바깥 경관은 나의 소유물이 아니라는 가장 아픈 약점을 들고
이름 없는 상록수를 고소한다

내 사랑이 이렇게나 나약하다

사실 나는 그랬다. 불가피하게 오는 만남 사이에서 내 것이 되지 않으면 두려워했고, 욕심냈으며, 들끓는 소유욕을 주체 못해 번번이 무너지기도 했다. 사소한 말투나 행동으로 감히 애정을 가늠하려고 했으며 주는 걸로도 만족할 수 있다고 생각했다. 한때는 내게도 전화 한 통만으로 나오는 사람이 있었고, 안부를 전하지 않아도 멀리서나마 전해오는 사람이 있었고, 생의 마지막 보루처럼 누군가를 찾을 때 운명처럼 소식을 전해온 사람이 있었다.

기다리기만 한 것이 나의 오만이었다. 피차일반 외로운 사람들인데. 모든 것을 저버리고 돌아선 발걸음의 무게를 감내해야 하는 것도 알았고, 살갗 아래로 붙을 짐이라는 것도 알았다. 혼자, 덩그러니 등등 앞에서 밀려오는, 수식어 붙은 바람이 내 외투를 벗기는 것만 같은 기분이 들 때, 외로운 사람들이 만든 외로운 세상에서 나는 더욱 외로워졌다.

오늘

출처 없는 여름 향기가 났다
청명한 하늘 아래서
들판에 빼곡한 파란 꽃들의 마당에서 구르면
날 것 같은 향기

봄을 채 잊지도 보내지도 못했건만
쾌청한 그 향기가 소리쳤다
내게 오라고
습관처럼 발을 움직였다

그 작은 기척이 모종의 기적을 바라게 했다

가령
네가 내게로 오는 그런 기적

작은 방 안에서 몇 줄 안 되는 글을 가지고서 골몰하다 눈을 감는다. 근래 들어 부쩍 잠이 많아졌다. '현실을 도피하고 싶은 심리적 이유'라는 기사 한 줄이 머릿속을 강타했다. 버거운 마음에 눈을 감고 또 늦은 오후, 커튼 하나 없는 방에서 나만의 아침을 맞이한다. 한밤에 책상 등을 켜서 오는 낮이 아닌 있는 그대로의 낮, 잠에서 덜 깬 얼굴로 내일을 걱정하고 다시 까무룩 잠이 든다. 나의 낮은 밤이 되고, 낮의 밤을 환영하며 꿈에서 그의 얼굴을 어루만진다. 사람 하나를 꾸고 나면 그제야 펜을 들고 그에 대한 서술이 가능한 것이다. 책 읽기, 사전 달고 살기, 필사하기 등등 글을 '잘' 쓰려는 방법은 무수했으나 당신을 꾸는 꿈보다 강력한 것은 없었다. 한낮에 베어 무는 당신의 잔상보다 달콤한 영감도 없으리라.

기어코 닿았다

타고난 눈이 있었다 너는
그 빛에 닿으면
네 눈가 언저리에 박제되는 기분이 들었다

네 눈빛을 이겨낼
면역력 하나 없었음에도 불구하고

너를 보고 있으면 달밤의 귀뚜라미 소리도 오래된 합창단의 노래였다. 그 밤, 작정이나 한 듯 덮쳐오는 여름의 밤바람과 멀리서 한달음에 달려온 별들을 보고서도 내 눈앞의 피사체만큼 반짝이지 않았노라 단언할 수 있었다. 이루 말할 수 없는 어느 청량함. 가슴 한구석이 들끓었다. 산천에 흐르는 별빛들이 네 눈을 타고 내게로 흘렀다. 아, 네가 부재했던 나의 과거에 사형선고를 내렸다. 마땅한 죽음이다. 새로운 젊음에 황홀령이 내렸다.

이파리

가는 길마다 지천에 꽃 이파리뿐이다
뭐가 급해서 제 온 길 다시 돌아가려는지
죽은 이파리는 말이 없다
조금씩 스며들고 있을 뿐이다

마음과도 같은 것들
네 마음도 꽃 이파리와 같이 다시 네게로 갔다

주야장천 봄봄거렸던
나의 마음이 무색해지게끔
죽은 네 마음은 말이 없다

네가 떠난 뒤로는 불안한 나날을 보내고 있다. 행복한 건지 행복하게 지내라고 세뇌를 하는 건지 행복의 기준과 정의는 날이 갈수록 희미해졌다. 타인을 보며 추한 행동이다, 하지 말아야지 했던 모습들을 체화하며 몸에 익히는 중이었고 경멸하는 것들에게 기생했다. 미움받고 싶지 않았지만 그러지 않은 척, 덤덤한 척하기에 급급했다. 떳떳해지려고 했으나 언젠가 나를 할퀴고 간 상처 때문에 밤마다 이불을 적셨다. 찌질한 인간의 표본이다.

항상 이랬다. 알량한 자존심은 척하는 것에 뛰어났으나 내 앞에서조차 난 단 한 번도 솔직한 적 없었다. 나를 떳떳하게 만들지 못하는 건 나 자신이었다.

당신의 부재

당신의 부재로 이루어진 우리의 경사가
너무나도 가팔라 그 벽을 타고 올라가지 못했다고
당신이란 벽을 못 넘어
내가 평생 당신 주위를 맴돌았노라고

시작을 찬미하는 글이 많았다. 우습게도 '시작'을 운운하는 문장들은 그의 짝꿍인 '끝'을 책임져주지 않았다. 너도 그랬다. 사랑을 시작했다고 대차게 말하더니 쉽게도 놓았다. '시작이 반이다.' 네가 책임진 건 시작이라는 명사 하나가 전부였다.

나는 시작이 아닌 반에 내 생을 걸었고 생의 반을 잃었다.

그 무렵의 너를 사랑해

매일 밤 울다가
이제 울지 않으리라 다짐하면
기적처럼 그치는 밤이 있었다

밤늦게 나선 산책에서
길 따라 누운 꽃들이 예쁘다고
네가 화려하게 웃었다

바라지 않아도 기적이 오는 밤도 있었다

어떤 슬픔이 차지한 날엔 기억하고 싶지 않아도 눈앞에 아롱거리는 사람이 있고, 알량한 마음이 들어찬 밤엔 아무것도 듣고 싶지 않아도 소식이 들리는 사람이 있다. 누가 무너뜨리지 않아도 무너지는 밤이 있고, 누가 일으켜주지 않아도 일어서는 밤이 있다.

너를 사랑하는 내내 그랬다.

너 하나로 그랬다, 내가.

우리의 우리

내가 당신의 인생을 기록하자면 딱 한 문장이야
내 사랑의 패망을 기록한 역사
잘 자, 나는 오늘도 저물어가는 역사 속에서 당신을 사랑해

처음은 착각이었다. 내가 더 이상 그를 보지 않아도 괜찮을 거라고, 그가 내 일상에서 배제되어도 아무 문제 없을 것이라는 착각. 사랑이 그랬듯 이별도 그렇게 진행된다. 그 생각들이 범람하기 시작하면, 우리가 우리가 아니게 되는 선택이 최선이라고 입 밖으로 내뱉게 된다. 내가 택하고 결정한 대부분의 착각들은 후회를 낳았다. 우리가 속한 일정 범주에서 벗어나야 사람이 보이고, 익숙하게 당연시되는 것들에게서 멀어져야 사랑이 보인다.

이런 시

너를 생각하면 창공에 한숨부터 뱉는다
시를 쓰긴 글렀다

몇 자 적는다고 담겨질
네가 아님을
깜빡했다

나는 자주 없어질 예정이다. 가끔은 네 집 유리창에 머리 박는 빗방울로, 나뭇잎에 부대끼는 바람으로. 형체도 없는 너의 무채색 배경이 되다가, 너를 가장 잘 아는 사람의 심정으로 사랑하련다. 이제 과연 너는 몇 개의 눈빛으로 나를 할퀼까. 그럼에도 사랑하는 것을 멈출 수 없다. 대개 나의 사랑은 시작하면서 내 손을 떠났다.

그런 마음이야

잃은 사람이야 잊으면 되고
그을린 사람이야 완전히 태우면 되고

만에 하나 다쳐도
그리움에 상처받지 않으려면
내 잃고 그을린 마음도 같이

잊으면 되고
태우면 되고

지하철보단 버스를, 기타 소리가 만연한 노래를 들으며 열대야 밑에서 걷기를, 시간 사이에 흐르는 고요와 적막을, 왁자지껄한 사람들 사이보단 텅 빈 공간 사이를, 선명한 후회를 끄집기보다 기억된 흐린 추억을 찾아가기를, 아슬아슬하게 매달린 줄다리기하기 바쁜 사이보단 명확하고 섬세한 관계를, 같은 책을 읽으며 다른 생각을 읊어가기를 좋아하는 사람이란 걸, 스스로와 타인에게 사랑하고 사랑받을 만한 사람이란 걸 되새겨주기를.

유토피아

사랑하는 사람아
길을 걸어도
하늘을 날았고
숨을 내뱉지 않아도
자유로웠다

별들과 노래하고
무수한 빛에 감탄하고
달을 보며 잠들었다

모든 것이 너를 사랑해
만들어진 우주였다

너는 늘 누굴 품어낼 자신이 없다 말했지만
너는 나의 단 하나의 우주였다

분명 출발할 땐 같은 배를 타고 갔는데, 그와 내가 지향하는 유토피아가 다름을 느꼈다. 더 이상 이야기해도 각자의 이상향에만 다가가려니 체력도 바닥나더라. 진전은 없이 이야기의 발화점만 맴돌지, 더 타오르는 것 또한 힘들어서 내가 그 배에서 내렸다. 뱃사공이 많으면 배가 산으로 간단 말이 있잖은가. 그래도 구명정 하나 펼쳐서 내릴 거였으면 조금 더 버티고 있을걸 그랬다. 그 사람이나 나나 혼자선 외로운 존재임을 서로가 제일 잘 알면서 구명정 따위가 파도를 헤칠 수 있다고도 생각한 내가 오만했다. 그 큰 배에 당신 혼자 남겨둔 내가 어리석었다. 자꾸 뒤를 돌았고 끝내 도착할 수 없었다.

나의 유토피아엔 너도 있었다.

사실 너만 있었다. 네가 있어야만 했다.

존재

당신이 문학이었으면 좋겠습니다
그렇다면 나는 당신을 찬찬히 읽어나가는 것도 모자라
더 읽으려 욕심을 낼지도 모릅니다

눈으로 보고 새기며 가다가
당신의 삶 한 자락을 성경 구절처럼 달달 외우다

토해내는 한숨에서도
당신의 이름 석 자가 나올지도 모릅니다

당신의 문학이었으면 좋겠습니다
이 말은,
내 삶에 당신이 배였으면 좋겠다는 바람입니다

힘들다. 사람과 사람 사이에 오는 게 있어야 가는 게 있다는 말은 믿지도 않았다. 주기만 해도, 바라만 봐도 행복한 관계도 성립될 줄 알았다, 적어도 우리는. 돌고 도는 시간 속에서 언젠간 마주하겠지, 이해되는 순간이 오겠지 싶었다. 한계에 봉착했을 때 생각하곤 했다. "나는 항상 이 모습이 최선이라고 살았던 거 아닐까?" 나는 달려가고, 너는 멈춰있고. 애초에 움직일 생각이 없었던 사람인데. 침대 바로 옆 냉장고는 물이 순환하는 소리로 시끌벅적하고, 온 방이 젖는다. 새벽마다 울음이 잦았다.

너의 여름

너의 여름이 궁금해졌다

어떤 바람이 불까

어떤 싱그러움을 가졌을까

그리고 나는 어떤 마음으로 두근거릴까

내가 지나치게 의존적이지는 않나 생각했다. 소위 말하는 팔랑귀였고 지나가는 친구의 말에 생을 건 도전을 했다. 어른들이 말하는 '혼자 사는 세상인데.'라는 문장을 이해하지 못했으며 아둥바둥 기어코 누군가와 같이 걷는 길을 택했다.

폭좁은 길목도 둘이 손잡고 걷던 내게도 계기라는 것은 존재했다. 어느 순간 내가 배려하는 만큼 그들은 날 배려하지 않는다는 오만한 생각이 들었고, 관계들을 점차 이해타산적으로 받아들이기 시작했다. 타인의 생각과 그에 대한 행동은 내가 가늠할 수 없는 것인데도 불구하고.

그가 내게 주는 것이 어쩌면 각고의 노력 끝에 나온 것일지도 모르는 일인데 말만 동행한답시고 타인들의 시선과 기준을 순전히 나의 잣대로 바라보고 있었다.

하루에도 수십 번씩 관계를 되돌아보고 정의하고, 기분을 멋대로 롤러코스터 태웠다. 전부 헤아리기엔 여태껏 너무나도 많은 시간을 다른 생에서 살아왔다. 관계라는 것은 또 다른 하나의 세계와 생을 받아들이는 것이 아닌가. 힘든 건 당연했다. 인간관계에서 주저앉는다는 말은 둘 사이의 차이가 발견됐을 때 혹은 예상치 못한 작은 흠 때문에 맞물리지 않는 것. 그러니 단 한 번의 일로 관계의 실패와 성공을 판가름해서는 안 됐다. 하루에도 수십 번 이 문제로 골머리 앓는 사람들이 많아서, 그 사람들 중 하나가 나라서. 나는 아직도 그 시절 어른들이 말하는 '혼자 사는 세상'을 이해하지 못한다.

낯섦

말에는 약속한 구석이 있습니다
'우리'라는 것과 '너희'라는 단어와 같이
내가 없음으로 하여 생겨나는 단어가 너무나도 많아서요

형편없고, 게으르고, 무질서하다. 나약함이 절망을 낳고, 절망이 자책이 되는 이 순간 나는 왜 이렇게 나를 무책임하게 내버려두는지 의문이다. 타인에 의존하지 않아도 마땅히 잘 살 수 있다고 생각한 것도 잠시, 부지기수로 쏟아지는 외로움은 혼자서 달랠 수 없다는 데 좌절할 뿐이다. 단 한순간도 혼자가 괜찮았던 적이 없고, 단 하루도 이 감정에 익숙한 적이 없다. 숱한 이별은 점점 면역력이 생기지만, 하나의 외로움에는 이렇게 비참하게 무너진다.

하늘 가장자리

좋아하는 일을 잘했으면 좋겠다

해가 일어날 때
네 마음의 방구석에 들어와
네게로 오는 고민들을 해치우고

달이 기지개 켤 때
적막이 자리 잡은 방에서 나가
네가 잠든 창가에서 자장가를 부르고 싶다

좋아하는 일을 잘했으면 좋겠다
너를 사랑하는 일 또한 그렇다

쉬운 적이 없다. 어렸을 적 열 손가락 끄트머리에 물집 잡히게 배웠던 기타도, 짧은 손가락을 쫙 펴서 쳤던 피아노도, 10년 이상을 잡고 있던 미술도, 구구절절 잡고 있는 편지도 그러했고, 하물며 오밤중에 자신있게 써 내려간 글도 마찬가지였다. 기타는 내팽개쳐졌으며, 피아노 교습소도 머지않아 끊었다. 미술로 성공할 수 있다는 꿈은 포기했으며, 편지는 쓰레기통 구석으로, 글은 완성되지 못한 채 버려졌다.

연애도 그러했다. 좋아하는 상대에게 나를 티 내는 것도 어려웠고, 그렇다고 마음을 숨기기도 쉽지 않았다. 번번이 타인의 사람이 된 상대를 지켜보는 것도 경력이 되었다. 누구에게 자랑하지도 못할, 내 이력서에는 올리지도 못할 참패의 기록이 되었다.

과연 나는 이 모든 것을 향한 열정이 부족했던 걸까, 사랑이 부족했던 걸까. 전자든 후자든 두 개 중의 정답이 있다면 아마도 많이 억울할 것이다. 충성스러운 시간이 증명하듯 함부로 대한 적은 없었으므로.

어쩌면 어렸을 때부터 모든 것이 내 마음대로 되지 않는다는 것은 알고 있었을지도 모른다. 알기 싫어 쉽게 놓았을 뿐이지. 포기가 용기보다 가까운 것들. 그래, 내가 한마음 가득 사랑한 것들은 단 한 번도 쉬운 적이 없었다.

자전축

사랑을 믿기 시작했다. 단 한 번도 내 인생을 책임져줄 거라고 생각하지 않았는데, 불현듯 나타난 네가 내 인생의 자전축이 되어 내 생을 굴리니까.

너를 사랑하는 한 나는 이 비참함을 이길 수 없고, 내게 오는 절망을 막을 수도 없으며, 나의 무너지는 심정을 일으켜 세울 수도 없다. 누구의 축복을 받지 못하고, 나의 결실이 될 수도 없다.

이런 것이다. 내가 너를 사랑함은 기껏 다져온 내 모든 세계가 모래성처럼 바스러지는 걸 멍하니 지켜볼 수밖에 없는 것. 며칠을 굶는다면 네 눈빛에도 배부를 수 있을까, 초라한 고민이 전부인 평생의 갈망이다. 너는 끝까지 나의 비참을 이해할 수 없을 것이다. 내 사랑을 이해하지 못한 처음처럼.

파동

묻고 싶은 말이 있다

아이가 재미를 위해 던지는 물수제비가

물에겐 어떤 파동인지 몰라서

너도 그렇게 해사하게 웃는 거냐고

네게 쉬워지고 싶지 않다. 더욱 어려운 논쟁거리로 네 입방아에 오르내리고, 잠깐 논외로 새더라도 결국 제자리로 돌아와 나를 문제 삼고, 결론이 나지 않는 숙제를 바라보는 눈으로 원망도 하고, 거부할 수 없이 애처롭게 나를 바라보기도 했으면 좋겠다. 영영 풀리지 않는 미제가 되고 싶다. 그러지 않으면 네가 나를 쉽게 놓을 것 같아서, 나는 좀 더 어려워지고 싶다.

네게 가벼워지고 싶지 않다. 가장 무거운 이야기는 내려놓기가 두렵듯 네 마음속 한구석에 콕 박혀 있고 싶다. 먼지가 쌓이든 말든, 방이 수십 개든 수백 개든, 평수가 좁든 넓든 내가 누울 집의 주인이 너이면 됐다. 내뱉을 수 없고, 내려놓을 수도 없어 너의 골칫거리여도 좋다. 가벼우면 빨리 휘발될까 봐 우려되니, 네게 아주 무거운 이야기가 되고 싶다.

네가 싫어하는 것들이 모여 내가 되고 싶다. 사랑까진 바라지 않는다. 내 욕심이 너의 전부가 될 순 없으니까. 원망이어도, 무거워도 네게 쉽게 꺼내어지지 않는, 누군가의 입을 거치고 거쳐 퇴색될 일 없는 너의 것이 되고 싶다. 새벽바람이 도시를 덮치고, 파도가 백사장을 덮치듯 네 안의 가장 진한 슬픔으로 너의 가장 깊숙한 곳에 수장되고 싶다.

이별

손톱을 잘랐다
버둥버둥 버티다 결국 끊어냈다

자판이 제대로 쳐지지 않는다

습관이 무섭고
적응은 어렵다

자판 위에서 옳은 길이 뭔지 앎에도 불구하고
비틀거리고 있다

마치 우리가 헤어진 첫날 같다

언제부터 이렇게 권태로워졌는지 모르겠다. 흥미가 없다. 다 지쳤다. 굳이 만나려고 들지 않는 사람을 만날 필요성도 못 느끼겠고 그렇다고 해서 누군가를 만나지 않으면 '조금' 외롭다. 사실은 '아주 많이'일지도 모른다. 아리송할 정도로 외로움에 익숙한 걸지도. 언제부터 이렇게 퍽퍽해져 갔는진 모르겠지만, 무엇인가 상실한 사람처럼 온종일 멍하게 있다. 새로운 취미를 만들라거나 새로운 사람들을 만나라는 말 또한 와닿지 않는다. 내가 이렇게 피곤한데 누구를 감당하고, 또 흥미가 생기는 일을 벌여서 무슨 소용인가.

만남이 귀찮다. 나는 이런 사람이고 이런 일을 하고 이런 것들을 좋아한다고 말하면서 주입식으로 나를 이해시키려는 일련의 과정들이 귀찮고 힘들다. 무기력에 잠겨가고 있다. 내게 호의를 보이는 사람을 대하는 건 그래도 '그래. 이렇게만 하면 누구든 만날 수 있을 것 같다.'라는 생각이 앞서는 한편, 호의를 앞세워 적절한 선을 넘을 때가 고되다. 텀을 두고 다가오면 좋으련만, 내가 그들을 이해하기 힘들 듯 그들도 나를 이해하기 힘들다. 나만 도태되고 있다. 낯을 가리는 성격은 이러나저러나 마찬가지다. 모든 것을 안고 수용하고자 하는 마음조차 없다. 퓨즈가 나가듯 내게 있던 모든 희망이 꺼진 것만 같다. 오래 묵혀두었던 무거운 트라우마가 꿈 대신 내 밤을 덮치기도 했다. 나 같은 사람이 있다면 나를 이해해줄까…. 기대도 걸어봤지만, 확신이 생기질 않는다. 나는 내가 봐도 별것 없고, 솔직하지 못하고, 그래. 그냥 형편없다.

사랑을 받았던 기억조차 낯설다. 주는 게 숙명인 사람처럼 퍼주는 것만 곧잘 하고 누군가 좋다고 달려들면 마치 내게 용건이 있어 온다고 의심하는 일이 잦았다. 내게 일어나는 모든 일을 안고 닥친 상황들을 이해하고 싶었으나 제2의 질풍노도의 시기를 맞이한 사람처럼 몸이 무겁다. 더 힘든 것은 '아, 맞다. 내가 이렇게 형편없는 인간이었지.' 하면서 이해하면 될 걸 그러지 못하고 또 이상한 곳에서 기대하고, 희망을 걸고, 목숨을 바쳐서 바라보고 있기 때문이다.

그렇게 데여놓고, 지쳐보고, 죽을 것처럼 굴어도 봤으면서 여전히 나라는 인간은 자주 사랑받고 싶고, 자주 인정받고 싶고, 자주 누군가를 만나고 싶다. 어둠에도 농도가 있고 채도가 있다면, 내 어둠만은 조금 더 밝기만을 바라고 있다. 밝은 어둠이라는 말 자체가 어불성설이다. 요즘의 내 뇌는 우동사리다. 뇌가 순수히 제 기능을 발현시키지 못한다는 뜻이다. 오늘도 이렇게 자학성 짙은 문장만 몇 개 쓰다가 잠이 들겠지. 문장이라고 칭하지도 못할 것들이다. 내 뇌처럼 기능을 멈춘 것들. 그렇다고, 내가 이렇게 자학을 하고 이따위로 살면 안 되겠다고 결심해도 나의 내일이 밝을 것 같진 않다.

밝은 어둠이 밝은 빛이 되는 건 해가 다시 떠오르기까지 약 열 시간 이상의 시간이 필요하듯 내게도 마찬가지일 뿐이다. 오래 걸릴 것이다.

나를 위하여 무수한 결심이 있고, 나를 위하여 헛된 미래를 그리고, 좀, 사람 사는 것처럼 살고 싶다. 이건 뭐. 기억만으로도 가장 사랑받던 시절로 돌아가자. 어차피 나는 또 나를 사랑하지도 못하고, 과거 속에서만 유영할 뿐이다. 내가 가장 빛나고, 청춘이 아름답다 느끼고, 가장 멍청했지만 가장 행복하다고 외칠 수 있던 때. 없었던 것 같지만 있는 척 위로하면 그만이다.

아주 만약에, 혹시나 이게 어른이 되는 과정이고 혼자가 익숙해지는 순간이라면 다신 겪고 싶지 않다. 어른의 성장통이 이렇게 아플 거라면 나는 미성년자에서 멈췄어야 했다. 신께 용서받고 싶다. 뭐 어떻게 잘 살아보라고 주신 것인데 이따위로 망쳐서 죄송하다고. 나란 멍청이는 내가 나를 혹사하는 것도 미안해야만 한다. 주체를 잃은 삶이다. 그다지 미련은 없지만, 죽고 싶지도 않다. 좀 아깝기도 하고, 명확히 죽고 싶다기보다 이 삶을 받아들이기가 힘든 거다. 판을 엎는 것처럼 인생을 뒤엎고 달려보고 싶다. 빛이 아니더라도 밝은 어둠 정도라는 확신이라도 가지면 살 만하겠지.

오늘부로 결심했다. 있는 그대로의 나를 수용하는 법을 배우기로. 잘 모르지만, 형편없이 나를 깎아내리는 이 시간이 다음을 기약해주지 않는 것은 안다. 미래가 보이지 않는 것은 생각보다 꽤 끔찍한 일이다. 뒤집어엎고 생각을 재정비하면 되겠지. 살아보기 위해, 그러기로 했다.

다행이다

몰라도 좋다
이 마음이야

사랑
너니까 괜찮다

본의 아니게 결말을 아는 경우들이 잦아졌다. 흥미가 뚝 떨어졌다. 미리 끝을 보고 나니 기운이 쭉 빠져서, 고대하던 영화 예매표를 취소하고, 반전이 묘미라던 소설책을 장바구니에서 뺐다. 취미를 잃어가고 있었다. 유일하게 다행인 것은, 그 누구도 우리의 관계에선 결과를 알려줄 수 없다는 사실 하나였다. 그것만은 순전히 우리의 몫이다. 나는 우리 안에서의 당신의 끝을 모르고, 당신 또한 우리 안에서의 나의 끝을 모른다. 다행이다. 아무것도 모르는 채 사랑하고 싶다. 당신을 상실한 시간은 그 무엇도 되지 않았다. 내가 어쩌다가 알아버렸던 것들에게서 귀를 막고 집중하고 싶다. 언젠가부터 그려오던 이상향이고, 언젠가부터 기다렸던 사랑이다. 더없이 만족한다.

사람의 뜻대로 안되는 인연이 있어, 다행이다.

기적

모든 기도는 일어날 수 없는 기적을 이야기하잖아
그러니까 내 기도엔 항상 너밖에 없지

부닥치는 사랑만큼 지구의 체온이 올라갔다. 질리게도 싸운 연인에게 더위보다 악독한 벌은 없었다. 상극이어야 존재할 수 있었던 것처럼. 너는 태초부터 나의 반대여야만 했던 사람처럼 머물렀다. 비가 내렸다. 조금씩 더위를 종식했다. 그것이 내겐 배려였고, 네겐 단물과도 같았다. 숨 쉴 수 있을 만한 구멍을 하나 내어준 것과 다름없었다. 몇십 년을 다르게 살다 한 사람으로 인하여 모든 취향이 바뀌는 기적은, 애초에 있지 않았지만 없으면 만들고, 보여주면 됐다. 네게 내가 기적이 되는 기적. 살아온 날보다 몇 배의 시간을 들여 고쳐나갈 거야.

빗물이 톡톡 쉼을 알린다. 나는 너를 이길 수가 없어. 이기고 싶지 않아. 더위의 최전방. 사랑의 승전보가 울려 퍼진다.

일기

똑같이 원망스러운 나날임에도 과거는 조금 더 다정해 보이는 구석이 있다. 그래서 자주 돌아가고 싶고, 오래 미련이 남는다. 내가 있으나 내가 아닌 것만 같은 예전의 시간들에.

나는 67주 전에도 힘들었고, 재작년에도 겨우 살았고, 지금도 어떻게든 살고 있다. 꾸역꾸역 현실을 살면서 지난 계절에 찍었던 사진을 본다거나, 친구들과 회포를 풀면서 과거를 그리워하고 있었다. 더는 못 버티겠다. 이젠 누가 좀 말해줬으면 좋겠다. 누가 나 좀 말려주면 좋겠다. 꿈이 없어도 좋고, 열정과 패기가 없어도 좋으니 네 삶을 무책임하게 방생하지 말라고. 언제부터 20대는 꿈이 있어야만 하고, 패기와 열정을 필수품처럼 몸에 지녀야만 했는지. 그게 참이고 진리인 명제는 꼭 아니라고, 더 포기만 하지 말라고 좀 말해주면 좋겠다. 너의 지금은 또 그리워질 과거가 될 거라고, 너 지금도 충분히 잘하고 있다고. 제발.

충만한 사랑에 대하여

내가 사랑하는 사람보다 날 사랑해주는 사람을 만나는 게 내 인생에서 얼마나 큰 위로가 되는지 깨닫는 요즘이다. 이 사람이 이걸 나의 흠으로 보지 않을까 걱정할 일이 줄었고, 외모적인 면으로 나를 판단하는 일도 줄었다. 가장 결정적으로 자신을 스스로 대하는 것에 있어서 예전보다 상냥해졌다. 내가 부러 애쓰지 않아도 나를 사랑할 사람들은 언제나 존재한다.

작은 안부조차 어색한 관계가 많아지고 있다. 애초부터 우린 딱 그 정도라는 걸 증명하는 것 같아 슬프고 아프지만, 지금이라도 알아서 다행이다. 사람이 사람을 만나면서 감정을 소비하는 게 얼마나 피곤한 일인지.

일상에 치여 찾지 못했던 여유가 몰려오고 있다. 혼자임에도 행복은 배가 되었고 편안해졌다. 내게 이런 순간들이 자주 오길 바란다. 내 시간에서 타인의 관여 없이 나를 사랑하고 아껴주며 즐길 수 있는 순간과 시간과 하루하루와 일상들이.

이상향

"우리가 처음으로 돌아간다면 넌 뭐할래?"

"너한테 계속 말할 거야. 나를 이해하라고. 내 사랑이 내팽개쳐지지 않게."

네가 아프지 말라고 했다. 기다리지 말라고도 했다. 바람이 사정없이 할퀴고 지나가도, 겨울비를 온몸으로 품어도, 보일러가 들어오지 않아 한기를 안고 잘 때도, 너를 생각할 때도, 너는 아프지 말라고 했다. 어느 날은 바람이 세차게 불어서 아팠고, 또 어느 날은 일상이 버거워서 아팠다. 가혹하고, 고통스러웠지만 내겐 네 말을 이길 힘이 없었다. 기다림이 합당하다 생각할 때도, 아픔을 무작정 견뎌야 할 때도 너를 찾지 않고 꿋꿋하게 살았다. 너의 말만이 나를 살게 했으므로. 날이 따뜻해질수록 사랑은 체념이 되었고, 체념은 산화되었다. 너를 향한 심장의 달음박질은 애초부터 없었던 것처럼 무감해졌다. 더는 너를 생각해도 아프지 않았고 기다리지 않았다. 손끝과 귀 끝, 코끝과 마음 모서리, 온 구석이 시렸으나 버틸 만했다. 포기하는 법을 배웠다. 네가 없어도 살아가는 법을 배웠다, 내 인생을 반쯤 기대고 있었던, 가장 사랑하는 너로부터.

꿈의 조난

한 번이라도
보고 싶다는 간절한 바람을
동앗줄 잡듯 잡고 잠이 들면
저 먼 길 끝에서
네 발자국이 보였다
길섶에 핀 네 자욱을 따라가다 보면
네가 나왔다
다 허상이라고
지나가는 공기마저 알려줬지만
네 손을 잡고 길을 잃고 싶었다
이 꿈에서 나가기 싫었다

손에 깊게 팬 상처가 몇 군데 있다. 하나는 나의 실수로 입은 것이고, 또 다른 것들은 타인에 의해 생긴 상처였다. 많은 이유로 점점 상처는 늘어갔으나, 대처도 하지 않은 채 내버려뒀다. '나의 부주의이고, 어차피 상처는 또 생길 텐데 굳이….'라는 안일함이 방치의 가장 큰 이유였다. 귀찮음을 그럴싸하게 꾸며낼 동안 자리를 넓히고 있던 상처들은 내게 익숙해지고, 당연해졌다. 상처를 대하는 자세는 표면적인 것에서 심리적인 것으로 똑같이 적용되었다. 인간관계에서 '이 사람이 상처를 주는 원인이 내게 있는 게 아닐까.' 하는 생각이 들었던 것처럼.

알게 된 사람과 알았던 사람. 수많은 관계 속, 서로를 대하는 동안 미숙하고 어리숙한 태도로 상처는 반복되고 있었다. '다른 환경에서 지낸 시간이 있으니 사람을 대하는 것도 다른 건가….'라고 생각해보려고도 했다. 하지만 그런 생각은 내게 위로되지 않았고 타인을 이해하지 못하는 옹졸한 인간으로 만들기 일쑤였다. 이윽고 '원래 이러한 관계 혹은 이런 상황에서 나는 그렇게 될 수밖에 없다.'라는 문장이 완성되었다. 그때부터 다른 경우에서도 상처의 인과관계와 합리성은 따지지 않게 되었다. '상처받다'라는 행위 자체에 의미를 두고 순전한 나의 탓으로 돌리는 게 당연해졌다. 흉이 남을 것을 뻔히 앎에도 불구하고.

이제 와 생각해보면 전의 내가 생각한 것처럼 서로 살아온 시간에 대한 배려가 부족했을 뿐이다. 그걸 믿었어야 했는데 나는 종류가 다른 상처마저도 스스로가 원인이라 생각하니 이겨낼 수 없는 우울과 맞닿았다.

모든 상처가 내 탓이 아닐 수는 없다. 하지만 그렇게 상처가 전부 내 탓인 건 아니다. 이 결론을 짓기까지 나는 셀 수도 없이 많은 상처를 받았다. 아직도 자연스럽게 자괴감으로 이어지는 생각 속에서도 그러지 않으려고 몇 번이나 고쳐먹는다. 당신도 잊지 않기를 바란다. 언제나 당신이 하루를 무사히 보내길 바라지만, 불가피하게 관계 속에서 상처를 받았을 경우, 그것의 책임을 자신을 향한 원망으로 돌리지 말라고.

어떤 경우에서도 세상에 받아도 마땅한 상처는 없다. 관계 속에서 자신을 스스로 몰아세우고, 나는 원래 이렇게밖에 될 수 없었던 사람이라는 마음으로 타인이 준 상처를 내버려둔 채 위안받진 말아야 한다.

동행

나를 위해 여행길을 나서주는 사람이 있으면 좋겠다고 생각한 적이 있었다. 즉흥 여행을 좋아하는 나와 같이 속절없이 쏟아지는 햇빛에서도 하하 호호 웃어줄 너 같은 사람이 꼭 필요했던 적이 있었다.

'혼술, 혼밥.'

새롭게 떠오른 키워드다. 하단의 줄 뉴스로 줄곧 거론되고 있었고, SNS를 비롯한 각각의 매체에서는 혼자 가기 좋은 술집과 밥집을 다루고 있고, 심지어는 그것을 주제로 한 드라마까지 나왔다. 혼자라는 것. 어떻게 보면 우리가 가장 익숙하지 않은 것이다. 엄마의 뱃속에서 세상의 소리와 사람들의 대화를 엿들으며 생애 첫 타인인 엄마와 교류를 하고 심지어는 온 친척들, 엄마의 친구들 목소리까지 들으며 자란다. 아이는 그렇게 자라고, 가족들과 사랑을 나눠가며, 친구를 사귀고, 학교라는 작은 사회에 귀속된다. 개인으로 성장할 수 있는 시간이 그다지 충분치 않은 것이다. 무리에 어울리지 않으면 눈총을 받았다. 우리는 알게 모르게 시선으로, 말로 혼자로도 충분한 사람을 혼자 있지 못하게 내몰고 있었다.

지금으로부터 3년 전의 일이다. 스무 살의 나는 독립적이지 못했고, 항상 누군가에게 의존하려고 했다. 그랬던 내가 다른 나라에 가서 다른 언어를 쓰며 살아간다는 것은 꽤 혁명적인 일이었다. 마음 깊은 곳부터 외로웠고 사람의 부재를 견딜 수 없어 매일 시끌벅적한 윔블던 역 앞의 스타벅스에서 줄곧 앉아 있었다. 그 소란함 사이에서 나는 여럿이 모여 수다 떠는 사람들만큼 혼자 앉아 있는 사람들도 많다는 것을 알게 됐다. 혼자 무엇을 한다는 것이 어색하기만 했던 내겐 큰 발견이었다. 카페에 혼자 와서 글을 쓰고, 커피와 빵을 즐기고, 일을 본다는 것 자체가 낯설게 느껴졌다. 런던에서 '혼자' 해내는 사람들을 관찰하며 '혼자' 보내는 시간을 배웠다. 족히 1년이 되는 시간 동안 깨우치고 나니 한국에 돌아가서도 홀로 보내는 시간을 즐길 수 있을 것 같았다.

그런데 이상했다. 내가 돌아온 연도, 그러니까 2014년의 한국은 아직도 혼자가 익숙지 않은 시대였다. 내가 무엇을 혼자 한다고 하면 곧이어 들려오는 말은 '혼자서 뭐해?', '혼자서 뭐하고 놀아?' 등등 주로 호기심에 가득 찬 말이 따라왔다.

그래서일까 나는 요즘의 트렌드가 반갑다. 유행이 돌기 시작하면 평범한 것이 되니까. 여전히 술집을 가거나, 분위기 좋은 레스토랑, 고깃집 등 단체가 익숙한 장소들을 혼자 가게 되면 꽤 많은 이의 시선이 따르긴 하지만, 그 시선은 시선으로 가하는 폭력으로 이어질 수 있다. 눈초리가 부끄러워 주눅이 드는 다수의 친구도 있었다. 당연하다. 자신을 이상하게 바라보는 시선과 친해지는 것은 너무나 고된 일이니까. 단언하건대 혼자는 이상한 것도 아니고, 그렇다고 해서 주목을 받을 일도 아니다. 일부의 사람들이 세상에 뒤섞였던 것이 자연스러웠던 것처럼 또 다른 일부의 사람은 혼자인 시간이 자연스러운 것이다.

혼자 온 사람에게 쏟는 사소한 호기심, 끈덕지게 따라붙는 시선…. 그 작은 것부터 멈추면 그때부터 관용과 배려가 시작된다. 필요 때문에 존재하는 무관심은 한 사람에게 살 만한 세상을 만들어줄지도 모른다.

내 삶은 내게만 오래 기억된다

타인의 평가 속에서도 나는 오롯이 나로 살아남기를 바란다. 누군가의 말에 휘둘리지 않고 나아갈 수 있기를, 누군가의 사랑보다 내가 나를 더 사랑할 수 있기를, 충만하기를, 나를 사랑하는 만큼 더 많은 사랑을 상냥히 대할 수 있길 바란다. 파도보다 높고 빛보다 첨예한, 얽히고설킨 사람들과의 관계 속에서 상처받기보다 상처 주는 것을 더 견제하며 살기를 진심으로 바란다. 내 삶은 내게만 오래 기억된다.

무지하게 몰려오는 공허함과 외로움은 날 그리워하는 사람이 없다는 걸 깨우칠 때보다 내가 그리워할 사람이 없다는 걸 깨우칠 때 몰려온다. 왜 이렇게 살았나 싶기도 하고, 왜 나는 품에 안을 사람조차 품지 못했을까란 자괴감으로 이어지기도 한다. 그리움은 쌓여서 무뎌지는 건 줄 알았는데, 공허함에 슬퍼지기도 한다는 걸 이제야 깨달았다. 솔직하게 말하건대, 누군가를 기억할 여력조차 없다. 언제나 세상으로부터 버림받았다 생각했고, 그래서 나는 내 인생을 무기력하고 무책임하게 내버려뒀으므로. 누군가를 그리워하는 것도 내겐 소모적이고, 불필요한 일이었다. 한때는 그랬었다. 어디까지나 과거형일 뿐이다. 나는 항상 그리워하고 싶었고, 사랑하고 싶었고, 똑같이 돌려받고 싶었을 뿐이다. 외로움의 근원지는 또 내 곁에 아무도 없어서라는 결론이 난다. 웃긴 일이지. 나도 내 인생 옆에 있지 않았는데.

허망한 하루

내일은 대청소를 하고 분리수거를 할 예정이다. 이불 빨래도 돌리고, 집안 환기도 할 것이다. 자, 내 계획엔 네가 없다. 그럼에도 너는 내 모든 계획을 무너뜨리고 오겠지. 예정에 없던 일이라 너를 쫓아내느라, 그러다 또 네 뒷모습을 쫓아가느라 나는 또 엉겁결에 하루를 새겠지.

이 사람만은 내 곁을 떠나지 않을 거야. 그런 굳건한 믿음을 줬던 사람의 부재를 나는 스스로 메워본 적 없다. 언젠간 다시 돌아오기만을 바라고, 끝까지 기다리는 일만 해왔다.

내가 너 없이 혼자 세상을 견딘다는 건 왼손잡이인 내가 왼손을 잃고 오른손으로 산다는 것, 야맹증이 있는 내가 밤길을 혼자 걷는 것과 같았다. 내 생의 빛을 잃고 거리를 배회하고, 주로 쓰던 손이 아닌 손으로 모든 것에 친숙해져야 함과 동일한 일이다. 그냥, 혼자 할 항목이 늘었다는 소리고 세상의 반쪽을 잃었다는 말이다. 무던히 터득해야 할 일이었지만, 결국의 나는 익숙해지지 않을 것이다. 너 없는 나에겐 스스로 친절하게 대해 본 적 없듯 너의 부재 앞에서 나는 나를 홀대할 것이고, 결국 무참히 무너질지도 모른다. 혼자 남겨진 사랑의 말로는 기다림뿐이다. 폐허와 폐허 같은 마음이다.

화성에서 온 편지

한때는 나도 숨 쉬던 때가 있었다
새와 인사하고
꽃들과 눈부비고
바다와 산책하던 시절이 있었다

네가 떠나간 뒤론 공기가 역하다
너는 나의 모든 숨을 가졌구나

어려운 말이다. 잊고 싶어서 발버둥치던 모든 것이 무소용이었다. 너의 목소리는 귓가에서 길을 잃었고, 그 말은 순전히 내 귓속으로 받아들이기 힘든 것이었다.

널 사랑하지 않아.

사랑은 엇비슷한 속도로 여차여차 잘만 흘러갔는데, 이별로 가는 속도는 도무지 가늠조차 되지 않았다. 내가 아침에 커피포트에 물을 받아 네게 선물 받은 티백을 우려내고 있을 때도, 점심에 친구를 만나 시시콜콜한 이야기를 나누며 가끔 휴대폰으로 네게 소식을 물을 때도, 밤에 네 생각을 할 때도 너는 나와의 이별을 준비하는 중이었을지도 모른다. 나는 그걸 몰라서 너의 행동, 눈빛, 말을 받아낼 준비를 못 했다.

나의 이유를 묻는 말에도 너는 함구했고, 단 한마디로 우리 사이의 모든 일을 정리했다. 그냥, 사랑하지 않을 뿐이다. 언젠간 닳는 애정이었다. 애정의 부피가 달랐던 게 전부였다.

널 사랑하지 않아.

사랑을 고백한 순간과 비슷한 어조였다. 무지막지한 애정을 쏟아낼 때도, 매일 밤의 마무리로 습관처럼 서로의 일상을 정리하는 순간처럼 담담했고, 또 단호했다. 어떤 문장은 닿아서 선명했지만 어떤 문장은 버림받아 뚜렷해진다. 근래에 들어 싸늘했던 네 눈빛도, 기쁨과 슬픔, 감정을 내포하지 않은 채 높낮이가 다르지 않았던 네 목소리도 이제야 이해가 되는 순간이다.

너의 세계에서 완전히 추방된 나는 갈 곳이 없다. 원만히 유지해온 사람들과의 관계도 완전히 무너졌고, 남들처럼 일어나고 잘 때 행동하던 생활의 시간은 엉망이 되었으며, 집 밖에서 멀리 벗어나 다른 장소로 놀러 다니던 행동반경들도 싹 달라졌다. 혼자고, 일어나면 새벽이고,

침대에서 한 발자국도 못 벗어나는 시간이 전부고, 일상이고, 삶이었다. 잠잠한 휴대폰은 화장실을 갈 때도 들고 다녔고, 몸에 달고 살았다. 언젠가는 전화 오지 않겠냐는 막연한 믿음에서였지만, 믿음을 이뤄줄 이의 부재로 믿음으로만 남아 언젠간 내가 그치고 말 것이다.

너는 낮에도, 밤에도, 새벽에도 없다. 이후에도 내 시간과 나의 세계에 너는 없을 것이다. 모르고 싶다. 너라는 사람을 몰랐으면 좋았을 텐데 내가 생각보다 더 많이 나를 네게 걸었다. 우리가 더는 하나의 범주로 속하지 않는다는 사실과 네가 나를 사랑하지 않는다는 사실. 넘쳐나는 진실들 사이에서 나는 영원히 길을 잃고 싶다. 사랑하고 싶다. 나에겐 그게 전부였다.

자세를 바꾸는 순간
허리에서 뚝 하고
뼈가 맞춰지는 소리가 났다
당신과 나 사이도
내 태도 하나 바뀌었다면
뚝 하고 맞춰졌을까

3

사랑아 새벽같이 살자 아침이 익숙하게

그대는

그대의 눈 안에는 여름도 있고

겨울도

봄도

가을도 있지

나는 사랑하는 동안

당신의 계절들을 뛰어다녔지

시간을 거스르는 유일한 차표였다

그대는

노래에는 각자의 분위기가 있다. 한강, 열대야, 장마 등등 여름과 어울리는 노래도 있고 눈 냄새, 추위, 코코아 등등 겨울에 철썩 붙는 노래도 있다. 이처럼 사람의 목소리는 계절, 또 음과 가사에 따라 분위기를 휙휙 바꾸곤 한다. 분명 여름의 초입인 밤이었음에도 내 임의로 정한 겨울의 노래를 틀면 갑자기 무척 더워지는 것 같은 기분이 든다.

플레이리스트를 정리했다. 계절별로 나눴다. 봄, 여름, 가을, 겨울. 손으로 부채질하며 여름의 노래들을 들었다. 녹음이 짙은 산속 숲의 말들과 같이 멜로디가 통통 튄다. 시원한 노래였다. 분명 더위를 잠시 잊을 수 있었는데도 발끝에서 더위가 몰려왔다. 문득 이 노래를 처음 알게 된 계기가 생각났다. 더울 수밖에 없었구나…. 다소 한심했다. 다른 노래들을 재생해도 마찬가지. 딱 1년, 네 개의 계절을 같이 걸어 다니는 동안 단 한 곡도 빼놓지 않고 너와 들었었구나. 지금도 여름의 선곡은 그대로고, 다른 계절의 노래들이 다 같은 기억만 이야기하는 것도 그렇다.

다만, 이제는 옆을 걷는 것이 아니라 음정 위로 네가 뛰어다닌다.

스치는 살이 아닌 가수의 목소리만이 네 존재를 이따금 상기시키고 있다. 내가 즐겨듣는 노래들은 하나같이 너를 지칭하고 있었다.

네 개의 계절이 네게로 통하고, 내 취향은 여전히 너다.

체념하는 일

너는 나의 사진으로 남지 말았어야 했다

나는 어쩌려고
이 겨울의 문 앞에서
앨범을 꺼낸 건지 모르겠다

이 마음을 어쩌려고

잘 지내니. 우리 사이에 간단한 안부 전하기도 어렵다는 걸 받아들이기까지도 퍽 오래 걸렸다. 그만큼 우리는 긴 시간을 혼자였고, 아주 짧게 우리였고, 또다시 깊게 혼자였으니까. 우리인 시간 동안 나는 영웅의 일대기를 담듯 수없이 너를 썼다. 그때 내가 쓰는 너는 낭설의 주인공도 아니고, 내 부푼 상상도 아니고, 단지 내가 보는 너. 그뿐이었다. 원없이 쓸 수 있었다. 아직도 그렇다. 너는 지금 새초롬한 눈가로 누굴 바라보고, 하얗게 뻗은 손가락은 또 누구의 손과 얽혀 있을까. 생각이 깊어질수록 너는 선연하지만, 더 멀어져 있다.

혹시 사랑할 때 체념하는 일이 사랑 안에서 할 수 있는 가장 큰 절망이라고 말했던 거 기억이나 할는지. 나는 깊은 절망 속에 있다. 일평생 다시는 누군가를 위해 쓰지 않겠다고 다짐했지만, 밤공기에 찾는 이불처럼 모든 문장이 찾는 출구는 너였다.

이제 겨우 체념하기로 했다. 입구를 찾아야겠다. 나가는 문이 너라면 들어가는 문은 너를 사랑했던 나겠지. 과거의 나를 헤집어 무수한 글에서 내 시간을 탈고하련다.

그래. 안녕 내 사랑, 잘 가 내 사랑.

난 이 말을 동시에 쓸 줄 추호도 몰랐다. 쓸 수 있다는 자체를 몰랐어. 그것도 너한테.

자책

발바닥이 뜨거워 이불을 몇 번이나 뒤척였다. 새벽의 창밖은 바람 한 톨 없이 고요하다. 선풍기를 틀어 발쪽으로 고정시켰다. 안에서 끓어오르는 열은 식지도, 꺼지지도 않는다. 분노하는 양 더 뜨거워지고 있다.

여전히 발이 뜨겁다.
어쩌면 너를 두고 돌아온 발걸음,
스스로의 자책일까.

이별 후에 내가 "그랬어야 하는데." 하면서 시간을 더듬어봤자 그건 나의 일이다. 이미 당신은 내 시간에 없고, 나는 당신의 궤도에서 벗어난 위성일 뿐. 이제 당신에게 나는 먼 우주로 올라가서 끝없이 멀어지는 위성이어야 했으나, 아직 체념하지 못해 '이 별'에서 벗어날 수 없다.

아틀라스

지구를 들고 있는 벌을 받았다는 고대의 신처럼
나는 너라는 행성을 등에 지고 있다.

사랑했다는 이유만으로 받는 어긋난 벌이었음에도
황무지 같은 너라는 별을 사랑했다.

시간을 나열하고 벤 다이어그램을 그렸다. 모든 교집합엔 네가 있었다. 머나먼 행성을 하루에도 수천 번 바라보고 관찰하는 과학자처럼 나는 널 단 한 번도 가지지 못했으나, 너는 내가 유일하게 딛고 싶던 땅이었다.

시한부

가능성이 없다고 했다.
시한부 판결을 내리는 의사처럼 너의 말은 잔인했고,
눈빛은 쌀쌀했으며 손길은 환절기의 바람처럼 차가웠다.

사랑할 짝이 없어 탄생한 말이 짝사랑이었다.
짝이 없어서, 탄생한 병이다.

네 삶에는 문단 나눔이 없어서 내가 숨을 쉬지 못한 것일까. 너는 뒤에서 밀어놓고 앞에서 닥쳐왔다. 추억은 허물같이 벗을 수 없어서 지독한 형벌이라고. 사랑할 수 있는 시간을 아무렇지 않게 보냈으니 달게 받으라는 시간의 벌. 달을 한 입씩 잘도 먹어가는 시간이 서러웠으나, 닥쳐오는 허함이 두려워 나는 또 그 뒷모습을 뜯어먹었다. 그럴 때마다 온 세상이 작정한 것처럼 너였다.

착각

너를 사랑한 이후부턴 세상이 내가 어디까지
나약해질 수 있을까 하는 실험 중 같다

한 사람으로 이렇게 휘청이기도 했다
세상의 전체가 당신으로 보이기도 했다

첫사랑이었다

"왜 다들 첫사랑은 후회라고 하는 걸까?"

"그런 거지. 여행을 다녀온 후로 며칠 혹은 몇 달이 지나고 나서야 그때를 글로 써야겠다 싶어서 뒤늦게 연필을 들었는데, 연필을 든 순간은 이미 많이 늦었다는 거. 떠올랐던 문장들과 느꼈던 감정들이 다 도망가서 쓸 말이 없어진 순간과 비슷한 거야. 사람들이 처음 사랑을 깨닫는 순간들은."

주문

사랑아

새벽같이 살자

아침이 익숙하게

우리의 연애를 말할 것 같으면, 연애소설 클리셰 범벅이었다. 소설의 발단, 전개, 위기, 절정, 결말의 루트를 고스란히 따라갔지만, 그저 빈부 격차란 이유 하나만으로 세간의 이슈가 됐다. 계간지에 작게나마 투고하고 나오는 돈으로 하루하루 연명하는 나와 소위 말하는 잘나가는 작가의 반열에 올라선 A의 연애사는 사람들의 입에 오르내리기 딱 좋은 주제였다. '베스트셀러 작가 A, 현대판 백마 탄 왕자 되나?'라고.

"바다 갈래?"

넌지시 말하는 A의 입술과 다정한 눈빛이 좋아서 그러겠다고 했다. 세상은 나 하나 없어진다고 부산스러워지지 않겠지만, 그 애는 달랐다.

애석하게도 우리는 우리의 수준을 잘 알았음에도 서로에게 눈이 멀어 다음 생각을 하지 못했다. 안 했다.

"괜찮을까?"

묻는 말에 그 애는 뒷 일은 자신의 몫이 아니라는 듯 고개를 설레설레 저었다. 이때부터 우리의 신세가 소설의 절정이라고 생각했다. '이별을 이렇게 말하니?'라고 반문하고 싶지만 어쩔 수 없었다. 아무것도 가지지 못한 나는 사람들의 입방아에 오르내리든, 빻아지든 상관없었지만, 태생이 가진 게 많던 A는 아니었다. 사랑한단 이유만으로 모든 책망은 A의 몫이었을 것이다. 4년이면 네 할당량 다 했다. A를 안아주었다.

'사랑아, 새벽같이 살자 아침이 익숙하게.' A의 낮은 목소리가 창가의 먼지 섞인 햇빛과 함께 깔렸다. 읽은 문구는 몇 주 전에 글이고 뭐고 다 내던지고 며칠 밤을 지새우며 뛴 막노동으로 번 돈으로 선물한 지갑 속에 숨겨놓은 메모였다. A는 메모를 보고 킬킬거렸다. 그 글을 보면서 A 생각이 났고 그게 내 고백이었다는 건 당시 나나 A나 자각하지 못했다.

차라리 그때가 좋았다, 우리에게 참견하는 세상을 모를 때. 순수하기라도 했으니까. 익명의 제도가 사회에도 적용된다면 그에 따라 가면을 써야 하고 음성변조가 필수라고 한들 나는 겸허히 지금보다 그 시대를 택할 것이다. 그땐 클리셰고 뭐고 필요 없을 테니까. 오만하게도 나는 너를 알아볼 자신이 있었다.

생각의 홍수라는 표현이 알맞았다. 추억놀음을 몇 번 하다 보니 그 생각들에 익사해도 좋을 것 같았다. 기다렸다는 듯 햇빛을 부수며 빛나는 바다에서 우리는 주저앉아 별다른 대화를 하지 않았다. 안고 있다가 팔짱을 끼다가 머리를 비비다가, 그랬다. 결말의 'ㄱ'이 그때쯤 드리웠던 것 같기도 하고. 연애에서 발생하는 금전적인 부분은 A가 맡았으나 우리는 돌아갈 때의 표를 각자 따로 샀다. 며칠 동안은 컵라면 신세거나 아님 "가난으로부터 도피하고 싶었던…자살"이라는 다소 딱딱한 제목으로 지면에 자그맣게 뭇자리처럼 누워 있을 것이다. 딱 15년 전, 백마 탄 존재에 대한 상상력을 키우던 내게 사과했다. 동심을 파투내서 미안하다. 그런 건 없었어.

내 기차가 먼저였다. 손가락을 가지고 놀던 A는 '넌 꼭 벗어놓은 손 같아.'라고 웃던 몇 년 전 모습이 선했다. 기차가 들어온다는 방송이 들려왔다. A는 '잘 가.'라고 했다. 나도 잘 가라고 했다. 퍽 잘 가겠다고 비웃고 싶었지만 별수가 없었다. 다정하지라도 말든가. 우리에게 다음은 없었지만, 다음에 보자라는 말을 몇 년 된 친구처럼 건넸다. 창가에 앉아 멀뚱히 너를 바라봤다. 다시 만나는 건 시간 문제겠지만 우리는 서로의 반대쪽으로 도망칠 것이다. 엉겨 붙고 싶어 안달 났던 마음의 사지를 다 잘라버려야 했다. 그래. 만약 참견인들이 없는 세상이라면 서로를 미친 듯이 찾을지도 모른다. 꼭 그럴 거라 생각했다. 손을 살랑살랑

흔들었다. 입술 직전까지 나온 사랑해는 결국 내뱉지도 못했다. 나약했다. 나, 약했다.

이게 우리의 마지막이었다. 여전히 A가 잘 사는지 마는지는 가끔 듣고 산다. 아 씨. 담배를 던졌다. 수직으로 떨어지는 꽁초가 땅에 검은 자국을 내고 떨어진다. 곧 지워질 것이다. 아니다. 땅도 화상을 입었나? 티키타카처럼 생각들이 오갔다. 내 군번이나 생각해야지. 오늘의 저녁 메뉴는 또 라면이었지만 오늘은 A가 좋아하는 파도 송송 썰어 넣고, 달걀도 풀 것이다. 손짓 몇 번에 자동문이 열리듯 나는 네 이름에 생각의 문을 열고 내 밤에 자리 차지하고 누운 너를 곱씹을 것도 이미 예견된 이야기다.

'사랑아, 새벽같이 살자. 아침이 익숙하게.'

너와의 연애는 여태까지 살아온 내 삶으로부터의 도피였으나, 그래. 애초부터 아침은 없었다. 기나긴 밤이 줄을 이었다.

지난 사랑아, 예쁘게 자라라. 어둠 속에서도.

단어 속에는 아직도 네가 흐른다

우리의 거리는 이렇게도 먼데
등을 지고 걷는 네 발걸음 하나에
내 심장은 왜 이리 뛰는가

그대 언제 내 마음에 지진계를 설치했는가

휘청이지 마라 나의 그대는
비틀대는 발걸음에 다져놓은 삶이 무너지는 것은
더 많이 사랑한 내 책임이 아니겠는가

그런 글이 있다. 경험해보지 않아도 대략 가늠할 수 있게 느껴지거나 혹은 내 경험기를 읽는 것과 같은 친숙한 글들. 꼭 한번 쓰고 싶었다. 그 사람과 단 한 번도 사랑해보지 않았으나, 사랑하게끔 아니면 사랑했던 것처럼 느끼게 만드는 글을. 일종의 방편으로 글의 시작, 중간, 끝에 추억을 불어넣었다. 우습지만 그랬다. 근원, 중심축 등등…. 좋아하는 단어 속에는 아직도 네가 흐른다. 구차하지만 나는 아직 이 모양이다. 아무리 허울 좋은 그리움이라고 한들 그리움은 그리워한다는 말에서 벗어나지 못하기 때문이라고 되뇌고.

허기

그대를 생각하며 쓴 글들을 지우고 있어요
꾹꾹 눌러 담은 마음들이 없어져갔어요
말들이 제자리로 돌아가고 있어요
끝내 지우지 못한 말이 있었어요

보고 싶어요
그 말도 연필로 쓸 걸 그랬어요
힘을 조금 덜 실을 걸 그랬어요

큰 음악 소리에만 적응해서 작은 소리는 듣질 못 했다. 날이 갈수록 잃어가는 청력에 몇 번의 절망을 거쳤고, 네가 말하는 것이 사랑인지 이별인지 가늠되질 않았다. 사랑이라고 속삭이는 것이 이별인 줄 알고, 이별이 사랑으로 말해지는 것 같아서 사랑하는 동안은 몇 번의 우울을 앓았다. 내가 하는 사랑은 내게 매 순간 다른데 표현의 한계가 있는 내 문장력을 몇 번이나 책망하며, 사랑이 통하지 않아 공복에 시달리는 날이면 허공을 뜯어먹었다. 몇 번이나 네 이름을.

하루의 끝

그대와 눈을 맞추고
이야기를 하고 있으면

별것도 아닌 일들이
벚꽃 필 때를 이야기하는 것처럼
사랑스러워진다

봄에 얼굴 부비는 것마냥
단내가 가득 퍼진다

나는 그대와 눈 맞추기 위해
하루를 산다

하나에 오래 집중하지 못하는 내 묵은 체질은 모든 일에서 형체를 드러냈다. 책을 읽는다거나 영화를 본다거나 하는 소소한 일상에서도. 눈 감으면 떨어지는 시간이 아까워서 스스로를 청춘이라 표기하며 시간을 다독일 때, 무수한 사랑을 하겠다 결심했었다. 사랑하는 일로 글을 썼고, 사랑하는 운동으로 자전거를 탔으며, 좋아하는 음식과 습관들만 몸에 새겼으며, 마지막 사랑으로는 너를 만났다. 문장을 소화시키지 못한 상태에서 자주 편지를 썼고, 글은 언어의 기적이라고 말하는 너의 말이 간질거렸고, 나의 슬픔을 안아주겠다는 너의 말이 기뻤다. 나는 청춘 내내 기적을 쓰며, 너를 편식했다.

환절기

한낮에 불쑥 찾아온 외로움을 달래줄 요량으로 웃었다. 마치 그것이 사실이고, 정답인 것처럼 한참을 웃었다. 네 웃음소리가 한참 연주되는 동안 1초가 1분, 1분이 한 시간, 한 시간은 영원 같았다.

계절이 일어났다. 진득한 묵은 옷을 벗고 조금 늦게서야 새 옷을 입는다. 매년 앓아왔던 환절기의 감기도 왔다. 우울까지 데려와 내 옆에 앉힌다. 정리정돈, 내일은 비도 온단다. 명분이 필요했다. 하나의 계절이 지나갈 땐. 천상병의 〈귀천〉, 이 시를 읊는 것이 일종의 인사치레였다. '나 하늘로 돌아가리라 / 이 세상 소풍 끝나는 날' 이 시구는 언제나 완성되지 못했다. 부지기수로 넘어가는 나의 하루하루를 지탱해주는 네 눈빛에 숨이 멎어서. 영악한 나는 죽고 싶다고 할 때 살으라고 하는 무심함보다 '같이 죽을까, 그럴래?'라고 묻는 다정함이 더 좋아서 가끔 없는 계절을 데려왔다. 너와 살아갈 명분이 필요해서. 없는 환절기를.

삶

나, 너를, 사랑해

태고 이래로 완성할 수 있는 가장 아름다운 문장
주어를 빼도 목적어로 살아갈 수 있는 최초의 세계

곧 나의 삶

내가 너 참 많이 좋아했어. 네가 빗소리를 좋아하길래 침대 안쪽에 너를 재우고, 창문을 살짝 열고 방충망을 뚫고 오는 빗물을 맞으며 네게 손차양을 쳐줄 정도로. 더위를 많이 타길래 오래된 선풍기를 틀고, 창을 반쯤 열고, 커튼 끝자락이 얼굴을 스쳐도 간지러운 거 다 참을 정도로. 전날 밤 내가 꾼 꿈의 주연이 너여서, 빗방울 하나도 너같이 사랑스럽다 일컬을 정도로.

불멸의 현재

현실이 과연 존재할까. 1초가 지나도 과거로 명할 수밖에 없는 시간의 가혹함에 의구심을 품었다. 그 스펙트럼을 넓혀 여기서 여기까지의 구간을 현재로 치자는 어떤 이의 말을 빌려 내 삶의 연표를 들여다보면, 나의 현재는 여전히 너였다. 그 시절, 할 수 있는 최소한의 당위였다, 내가 너를 사랑함은. 답을 찾아 들어간 초침은 흐를 생각을 않았다. 나는 불멸의 현재를 걷고 있다.

여닫이문 사이로 꽃향기가 고개를 내밀었다. 지난봄에 새로 심은 모란이 예쁘게 피었나. 잊었던 봄이 문 앞에서 어슬렁거렸다. 코를 찌르는 은행나무 냄새는 어떤 향수보다 좋더니, 만개한 꽃의 페로몬은 역하기 그지없었다. 악취 속에선 너와 함께였고, 봄의 풍류에선 망가진 혼자였다. 사랑은 역경 속에서 피었다. 펜을 내려놓고 봄을 인식하자마자 눈동자와 여린 눈두덩이 살 사이로 네 모습이 넘실거린다. 눈에서 떨어뜨리면 영영 멀어질까, 울음은 옷깃으로 눌렀다. 한사코 바라던 봄이었으나, 그 누구도 기쁘지 않은 폭풍 속이었다. 누군가 져버린 사랑은 그렇다.

욕심

네가 괜찮냐고 물으면
황홀해 쓰러질지도 몰랐다

괜찮은데도
안 괜찮다고 네 목을 끌어안을지도 몰랐다

내리는 비도 맞아가며
광대에 불을 켜며
좋아한다고

흠뻑 젖어가며
이 비도 우리에게 내리는 하늘의 찬사라고 말할지도 몰랐다

일보 직전의 심장들이 덜컹였다
상상으로도 충분했다

추호도 가질 수 없는 것을 억지로 가지려고 하는 것은 욕심이라고 했다. 무던해지려고 했으나 사람 앞에서 가지려는 충동이 드는 건 항상 어쩔 수가 없다. 무던히도 흐르는 일상이다. 가차 없이 흐르는 시간은 언제나 공평하다. 너에게 나는 좋은 추억이었을까. 이렇게 사무치고 보고 싶어 하는데 과연 너도 그러했던 적이 있었을까. 사랑은 죄다 꿈이어서 이렇게 빨리 깨는 걸까. 물음이 물음을 낳고 태어난 건 결국 그리움뿐이다. 네가 정답이어서가 아니라 너를 사랑하는 게 정답이었을 뿐인데, 나는 어디까지 틀려야 할까. 그리울 때마다 한 문장씩 써두기로 했다. 오늘의 나보다 내일의 내가 너를 더 그리워하고, 애달파하고, 사랑할지도 모를 일이다. 어디 가둬두지 않으면 언제라도 사라질 수 있는 기억들. 한 문장씩 써둔 것을 엮어서 이야기를 만들다 보면 여러 문장으로 포개어진 네가 있다. 무한하게 펼쳐져 있고, 깊이 박혀있다. 나는 네게 어디까지, 또 언제까지 욕심을 부려야 할까.

사랑니

사랑니가 나고 나서야
아픔에 엉엉 울었다
비로소 너와 내가 했던 것이
사랑이었음을 알아서

"그만하자. 이대로는 안 될 것 같아."

그 순간, 빨리 늙고 싶다는 생각을 했다. 얼굴색 하나 안 변하고 말하는 모습이 마치 사망 선고를 내리는 의사와 비슷해 보이기까지 했다. 그런 서늘함 앞에서 똑같이 덤덤하려면, 나이가 필수 조건처럼 느껴져야만 했다. 의연해 보이고 싶었다. 언젠간 이런 상황이 올 줄 알았다는 것처럼. 왜? 왜 날 더 사랑하지 않아? 성숙하지 못한 생각들과 치기는 불안한 욕심으로밖에 남지 않았다. 미안해, 잘못했어, 내가 잘할게…. 헤어진 연인을 보내기 직전에 할 수 있는 말은 무한정으로 많았으나 막상 귓전을 때리니 여러 사람 앞에 전시된 석고상이 된 기분이다. 도전 정신을 충분히 발휘해 할 수 있는 것도, 그렇다고 뻔히 보이는 결론 앞에 해볼 수 있는 것 또한 없다. 잠시 굳어져서 절망적인 얼굴을 네 앞에 보이는 것. 그게 다였다.

너에겐 항상 새로운 모습, 색다른 얼굴, 새것이 되고 싶었다. 마구잡이로 굴려 먹던 몸이든, 낄 데 안 낄 데 분간도 못하고 자꾸 넓어지는 오지랖이든, 모퉁이가 다 까져 매일 들고 다닌 가방이든, 뿌리가 다 자라 경계가 뚜렷해진 머리칼이든. 필사적으로 나의 닳고 닳은 헌것들을 숨기고 싶었다. 그래야만 사랑받는 줄 알았고, 그래야만 네게 떳떳할 수 있었으니까.

"마지막으로 손 한 번만 잡아보자."

사람의 체온이 이렇게도 떨어질 수 있을까. 몸이 어디 아픈 건 아닐까. 오만 가지 생각을 거치고 거쳐 내가 한 것이라곤 너의 가지런한 손을 한 번 잡아보는 일이었다. 작고 하얀, 또 예쁜 손바닥을 중심으로 뻗어 있는 다섯 손가락. 네 손을 펼쳐 보일 때마다 작은 손은 하나의 나무 같기도 했다. 손길이 닿으면 꽃이 피고, 열매가 맺고, 나비가 찾아 들고, 새가 쉬는. 생명의 근원, 세상의 숨. 손을 놓자마자 너는 뒤돌아 왔던 길을 다시 돌아갔다. 가차 없이.

필사적으로 숨기려던 눈물이 그제야 눈가에서부터 턱 끝까지 전력질

주를 했다. 차가 달리는 거리를 함께 달렸다. 이제 그만이란 말로 운을 띄워 팔십 먹은 할아버지의 사망 선고나 다름없는 의사의 말을 들은 할머니가 덤덤했던가. 잘 모르겠다. 보호 침대에서 숨을 죽이고 울었던 할머니의 새벽 밤이 기억났다. 이별을 통보받은 이들 앞에선 나이도, 언젠간 오겠다는 헤어짐에 대한 체념도, 잘 보내겠다는 다짐도, 힘이 없다. 마지막이란 말은 하지 말걸….

어디로든 달리고 싶었다. 이왕이면 너의 눈길이 나 있지 않고, 너의 손길이 닿지 않는 곳으로. 나의 좁은 심장에서도 미친 듯이 돌아다니던 너의 행동들을 모두 잊기 위해.

신호탄

왜 매일 보는데도
눈물이 나는지 몰랐다

빛과 눈 맞대면
눈이 시리다더니
그것이 지금도 통할 줄 몰랐다

나는 몰랐다
그 숱한 날을 끌어안고도
이 따스함이 네 것인 줄 몰랐다

나는 몰랐다
내 것이 아닌 사람도
내게 빛이었을 줄

삶은 언제나 비탈이었다. 뛰면 넘어질 것 같고, 걸으면 느린 것만 같고, 올라가는 길은 숨이 차고, 내려가는 길은 미치도록 불안한. 신은 감당할 수 있는 슬픔만 주신다더니 그것도 옛말이었다. 마치 숙명인 양 네가 감당할 수 있는 슬픔 따윈 없다고 말하듯이 힘든 일은 겹쳐서 우르르 넘어지곤 했다. 실패의 연속. 실패는 성공의 어머니라는 말, 뻔할 뻔 자의 위로라는 것을 알고 있었으나 한 번쯤은 속아 넘어가도 좋을 만한 말이었으나 나는 그것을 믿고 나아갈 만큼의 배포가 없던 사람이었다. 실패는 실패로 끝, 그게 다인 애였다.

그날도 오늘처럼 일교차가 심했다. 낮에는 분명 거리낌 없이 골목을 누빌 수 있었는데, 언제라도 네 곁에 도착할 수 있을 거란 믿음을 가지게 했던 기온이었는데, 밤이 되자 옷깃을 여미고 오들오들 떨면서 이렇게는 도저히 버틸 수 없을 거란 마음마저 들었다. 그것은 분명 너를 향한 내 열망이 그것밖에 되지 않았기 때문이라 생각한다.

사람이 사람을 좋아하기 시작하면 바라는 게 점점 많아진다더니. 내 꼴이 딱 그 꼴이었다. 이 정도면 됐지, 이거면 충분하지 하면서 애써 달래도 눈빛이나 손길뿐만이 아닌 네가 나를 사랑으로 대해주면 좋겠다는 생각을 했다. 욕심이라고 해도 좋았다. 언제까지 인내하고, 보상을 바라지 않아야 하는지. 짝사랑은 제동을 걸어야 할 일이 많아도 너무 많았다. 심장의 일도 모호해졌다. 이 미세한 박동이 살고자 뛰는 것인지 아니면 내 앞의 너를 위해 뛰는 것인지. 웃을 때마다 팽팽하게 솟아오른 네 광대뼈를, 활짝 벌어지는 입술을, 선홍빛으로 물든 볼을, 변함없이 다정한 눈길을. 하릴없이 묘사만 가득한 글을 쓰곤 했다. 존재만으로 칭송받아야 할 것들이니까. 따로 보면 누구나 가질 법한 것인데 같이 보면 색 조화가 뛰어난 유화처럼 그려져 있다. 지나가는 계절에 비유하기도 어렵고, 한밤에 잘 머물다가는 달빛에 빗대기도 어렵다. 조금 더 다채롭고, 조금 더 환하다.

네가 조금 덜 따스했다면 사랑하지 않았을까? 적당히 다정하면, 적당히 따스했다면 내가 너를 사랑하지 않았을까. 곰곰 생각해봐도 그건 아귀가 맞지 않는다. 나는 네가 무생물이어도 사랑했고, 사물이어도 사랑했을 것이다. 너라고 증명이 된다면 말이다.

창을 활짝 열어놓고 잠이 들었다. 네게 보내지 못한 메시지가 수두룩했지만 그것은 끝끝내 그곳에 머무르다 네 발끝에도 닿지 못하고 휴지통으로 던져질 것을 알기에 참 쉽게도 체념했다. 매일의 마무리가 네 생각이니 꿈에도 네가 나왔다. 지나치게 생생한 목소리로 나를 사랑한다고 했다. 오래전부터 나와 같은 마음이었다고. 깨고 나서도 내가 꿈을 꾼 것인지, 잠깐 다른 차원의 세계를 살다 온 것인지 구별이 되질 않았다. 차라리 내가 살 수 없는 세계라도 현실이었으면 했는데…. 알람 소리가 원망스러워져 휴대폰을 들었다. 다 끄려던 찰나에 우르르 메시지가 쏟아졌다. 건네받은 말들은 하나같이 너의 연애 소식이었다. 감당할 수 없는 슬픔이 주어졌고, 미치도록 무거웠다. 언제라도 삶을 내려놓을 수 있을 정도로.

꿈은 신의 마지막 선물인 듯했다. 너에게 감당하지 못할 슬픔을 줄 것이라는 예고 같기도 했고, 견디라는 신호처럼 느껴지기도 했다.

- 축하해.

사실 축하는 못 하겠다. 내가 만약 그날 상쾌한 바람을 다 맞으며 낮부터 달려가서 네게 고백을 했더라면 어땠을까? 그런 꿈 따위 꾸지 않고 실제로 일어날 수 있게 만들었더라면 어땠을까? 내가 네게 덜 바랐더라면 어땠을까…. 후회들만 줄줄 늘이고 있어 봤자, 너의 사랑은 시작되고 있었다. 내가 주체가 되지 못한 채로. 독백으로 남은 고백의 메시지들을 전부 지웠다. 타인의 네가 된 너를 사랑할 용기가 도저히 생기지 않았다. 전날 밤과 달리 뜨거운 바람이 불었다. 울기 좋은 날씨였다.

일교차가 심한 밤이면 그날 생각에 허우적거렸다. 너는 아직도 다른 이와 네 사랑을 적어 내려가고 나는 여기서 지난날의 후회만 풀어놓고 있다. 술집에서 늘여놓는 무용담처럼. 내가 이렇게 멍청한 인간이라는 것을 애써서 증명하고 있다.

나는 어쩔 수 없이 이기적이어서 너에게 미련을 버리지 못했고, 어쩔 수 없도록 너를 사랑해서 일생을 네게서 벗어나지 못했다. 한낮의 가벼움이 될 것이라고, 첫사랑을 하기엔 너무 어린 나이라고, 내 첫사랑은 짝사랑했던 네가 아닌 서로 사랑을 했던 존재라고 타협했던 순간들이 내 발버둥에 불과하다는 것을 깨달았다. 체념할 때가 온 것 같다. 꿈에서 받은 네 고백 하나에 마음 다해 시큰하고, 꿈이라는 걸 원망하고, 현실과 구분 없이 꿈속의 너를 그리워할 정도라면. 내가 했던 처음의 사랑은 네가 맞구나. 나의 첫사랑은 실패였구나. 실패로 끝난 내 사랑. 이제 그 말에 반박할 수 없다.

애상

보고 싶다

죄 없는 그리움만 욕할 뿐이다

존재가 유일해질 때 모든 것의 가치가 뛰곤 했다. 그것이 우월하거나 통상적인 것들보다 우위에 있을 때는 더욱더. 지역의 이름이 붙으면 상품의 값어치가 폭등하는 것처럼.

나의 너, 너의 나.

이 말과도 같은 것이다. 나는 어디까지나 네 안이다. 나의 너는 아니었지만.

아니었던 적이 없다

사람이 불행, 후회, 좌절감 같은 것들을 깨달을 땐 과거의 행복했던 순간들을 모두 잊어버리기도 한다.

그도 그럴 것이 찬란은 어디까지나 하나의 잠시일 뿐이고, 생은 파노라마로 가차 없이 흐르고 있다.

몇 번이나 포기하려고 했던 내 생의 끄나풀에는 내게 첫 행복을 안겼던 네가 있고, 불행은 끄나풀을 물고 행복으로 탈바꿈한다.

갈피를 잃고 삶을 배회하던 순간, 자꾸만 잊고 놓고 싶었던 순간들을 돌이켜 생각해보면 나는 네가 아니었던 적이 없다.

반지를 잃어버렸다.

분신이기도 했다. 드디어, 마침내. 이런 잡스러운 언어들과 어울리지 않는 당장 죽어도 관 속에 같이 들어갈 건 이거 하나였노라 다짐했던 것이었다. 사물이었지만, 손가락을 휘감고 있는 반지는 어디 깊은 속에서부터 교감하고 있었다. 아주 깊고, 길고, 먼 시간과의 교감. 조금 화가 났다. 겨우 누른 분노가 다시 솟구치기도, 그 뒤에는 아주 슬프기도 했다. 이뤄질 수 없는 일들이라고 생각했던 것들이 몇 달 만에 손쉽게 이뤄지고 있었다. 한 번에 닥치면 감당하지도 못할 거라고 여겼다. 끝내 살아남아야 했지만.

며칠 전부터 예보된 것처럼 기나긴 장마는 그칠 기미가 안 보였다. 요리를 좋아했으나 음식을 할 기력마저 소진해 우산을 빼 들었다. 간단히 배만 채우고 들어올 요량이었다. 배가 고프다고 또 먹어댄다는 것이 우스워서 한숨을 연이어 내쉬었다.

구멍 뚫린 우산. 우산의 기능은 이미 포기한 것이나 다름없는 형태로 더는 의미가 없었다. 멀쩡한 우산 아래로도 남자에겐 비가 내렸다. 어깨에 내려앉은 물방울의 무게는 타인이 가늠할 수도, 짐작할 수도 없이 무거웠다.

퍼진 국수를 입에 밀어 넣었다. 국수는 내가 아니라, 애인 x가 좋아하던 것이었다. 목구멍이 타들어갔다. 이렇게라도 상상할 수밖에 없는 애인의 체온에 잠시 감사했다. 다시 헤진 우산을 쓰고 집에 들어오고, 집 대부분의 살림이 빠져나간 텅 빈 곳을 보면서 다시 한 번 애인을 되새겼다. 속이 더부룩했다. 체한 듯했다.

이렇게 빈자리는 상상할 수 없는 것들이다. 너를 사랑한 적이 없다거나, 사랑할 수 없다거나, 사랑이 아니었다는 말들 또한 상상할 수 없는 것들이다.

밤마다 에어컨을 틀어댄 탓에 몸은 송장처럼 파리했다. 더위조차 느낄 수 없는 몸이 되고 싶은 사람처럼 굴었다. 통각을 잊은 몸, 지금 내게 가장 필요한 것이기도 했다. 어김없이 창문을 꼭 닫고 에어컨을 켰다. 이불을 끌어올리지도 않았다. 사람의 체온이 그리웠다. 사람, 아니, 애인의 체온이. 내 피부의 첫 자극은, 살결에 닿는 첫 손길은 어김없이 네 손끝이기를.

사랑해. 처음부터 그러지 않은 적이 없었어.

찬 공기가 장악한 허공으로 보내는 고백이다. 들어줄 리도 없고, 들을 수도 없이 애인과 나의 시간은 유리되어 있다. 하릴없이 비가 내렸다. 너도 비를 맞고 있을까, 밥은 먹었을까, 감기는 걸리지 않았을까. 반지는, 너는, 또 어디로, 갔을까.

나의 애인은 애인이 아니었던 적이 없다. 내게 x는 사랑이 아니었던 적이 없다. 눈을 감고 기도를 올렸다. 눈을 뜨면 너는 또 없을 거고, 나는 그 현실을 상상할 수 없다. 그래도, 그래도. 내가 지나치게 사랑하는 당신에겐 행복이 있기를.

내일은 반지를 찾아야겠다. 미아가 된 시간을 찾아 나서야지. 어김없이, 또 어김없이 내 모든 끝에는 네가 있기를.

오늘만큼은 너를 가장 사랑하고 있어

자주 헤어질 준비를 한다. 친구와, 잠깐 만난 사람과, 심지어 오래 만난 연인과도. 말처럼 쉬운 적은 없었지만, 상대는 언제나 나와 같은 마음이 아니란 생각이 들 때 만남과 후회와 미련이 조금 더 가벼워졌다.

내가 실컷 마음 쏟고 눈물 한 바가지 쏟으며 애써도 내가 아닌 사람은 끝까지 아니다. 시작하는 마음은 같아도 끝 마음은 아닐 수 있으니. 같은 시선, 같은 마음으로 서로를 바라는 것은 그 자체로 기적 같다. 연인에게 미안하지만, 사랑이 영원과 함께라면 신뢰를 잃었다. 우린 당분간 사랑해보자. 당분간도 괜찮다면, 조금 가까운 미래를 걸어보자. 언제나 헤어질 준비를 하면서 하루 걸러 하루 사랑해보는 것도 나쁘지 않을 것 같다. 사랑해, 오늘이 세상 전부인 것처럼. 내일 헤어져도 오늘만큼은 너를 가장 사랑하고 있어

달의 편지

오늘은 멀리서 소원 하나가 왔어. 내 옆구리 언저리에 떨어져서, 주워다가 기억 상자에 옮겨뒀지. 언젠가는 이뤄줄 것이라고. 소원이 이뤄질 때 내 생각을 할진 모르겠지만, 그래도 난 여전히 사람들의 소원을 듣고 누군가의 위로를 자처하고 있어. 또 어김없이 타인의 빛으로 새벽의 불을 켜고, 가로등을 자처하면서 이름 모를 사람의 귀갓길을 지켜주고 있어. 그러면서도 너의 둘레길을 천천히 걷는다. 이걸 다 걸으려면 또 한 달이 걸린대. 한 달 후의 너는 또 지금처럼 다른 이의 둘레를 걷고 있겠지.

너는 매일 똑같은 내 얼굴만 보고 있지만, 나는 네 모든 순간을 기억해, 모든 시간을 사랑하고 너의 모든 계절을 아껴. 지구, 너를 기점으로 온 우주가 돌고 있어. 나는 그 우주의 일원이 되었을 뿐이야.

우리 자연스러워지기로 할까

봄이 겨울에게 안녕을 고하는 것처럼
뒷걸음치는 마음들에 의연해지기로 할까

스치듯 가다 머문 그 순간을 이제는 그냥 스쳐 지나가기로 할까
그리고 과연 이 엽서를 부칠 수 있을까

너에게서 온 마음들을 다시
너에게로 보낼 수 있을까

보내면
우린 다시 만날 수 있을까

혹자는 사랑을 긴 여정이라고 했다. 일단 아끼지 말고 쓸 대로 쓰고, 혹여나 후회로 남으려 들거든 이건 다 네 추억이 될 거라고 자기를 위로하는 태도 또한 닮았다고. 그것에 대한 관념이 바르지 않은 이상은 혼자, 멀리는 가지 않는 것이 좋다고까지 덧붙여주기도. 어쩌면 그는 내게 여행의 단점들만 콕콕 짚어 미리 일러준 것이기도 했다. 상처받지 말라는 배려인지 뭔지 그 생각까지는 못하겠지만. 그의 말대로라면 나도 한 번은 떠나왔을 그 여정을 곱씹어봤다. 처음 내 손을 이끌었던 건 누구였을까.

벌써 재작년하고도 반년이 흘렀다. 정확한진 모르겠다. 여기서 그가 말했던 공통점들을 깨달았다. 하나는 여행을 다녀온 후 현실에 적응하지 못하는 것이다. 대체로 자의든, 타의든 사랑에 담금질한 사람들은 현실을 힘들어한다. 또 하나는 그 일을 입 밖으로 내지 않아서 선연했던 모든 것이 둔화된다는 것이다. 가장 좋았던 시간은 가장 빨리 지나가서 가장 쉽게 잊히곤 한다.

그래도 끄트머리에서 남아 있는 기억을 풀어보자면 그때의 런던은 습관처럼 장마철을 맞았다. 사실 장마라기보단 그냥 여느 때와 다름없는 하루. 생활 반경이 그다지 크지 않은 내가 꽤 오랜만에 미술관을 찾은 날이기도 했다. 그날의 자세한 흐름은 기억나질 않는다. 뭐랄까, 내 이야기지만 남이 찍은 사진 같은 삶이다.

테이트 브리튼. 당시에 한창 떠오르던 테이트 모던에 기세가 한풀 꺾인 곳이었지만, 타일 모양처럼 다닥다닥 붙은 작품들의 배치가 재밌었던 곳이었다. 벽면을 한가득 차지한 라파엘 전파의 작품들과 윌리엄 터너만의 안방으로 내어준 공간까지도 인상적이었다. 내가 갔던 날엔 공사 중이었던 전시실이 반, 또 아니었던 곳이 반이었다. 공사한단 소문이 관광객들에게 퍼진 건지, 아니면 빠듯한 일정에 끼워 맞출 정도의 미술관은 아니었는지 각자의 사정은 모르겠지만, 비가 내려 한층 더 고요해진 런던의 테이트 브리튼은 듬성듬성 보이는 사람들로 인해 더욱 고요했다.

찾던 그림이 있었다. 런던에 오기 몇 달 전부터 책으로 봤던 〈카네이션, 릴리, 릴리, 로즈〉로 여름의 새벽, 새벽의 여름을 그린 그림이었다. 한 벽면에 붙은 수많은 그림을 관람하기에 바빴던 시선은 그 작품에서 발목을 잡혔다. 잡히고야 말았다가 더 근접한 표현일지도 모른다. 그 작품 앞에서 나는 오랜 시간 멍하게 서 있었다.

"이 그림이 마음에 드나 봐요."

유학 내내 그랬지만 초기엔 더욱 서툴렀던 영어다. 머플러를 풀고 있던 남자가 물어왔다. "네. 좋네요." 길게 말하면 영어에 젬병이라는 사실이 탄로 날까 단답식으로 대답했던 내게 남자는 대답하기 좋은 질문들을 해왔다. 이를테면, 나도 이 그림을 좋아한다, 온도가 느껴지는 그림이다, 소녀의 볼과 손이 아주 예쁘다…. 공감을 하기 좋은 독백 수준이었지만. 고개를 힘차게 끄덕임으로 나는 당신의 질문들을 어설프게

나마 이해하고 있다는 응답을 표했다. 그 답례로 남자는 지긋이 웃어줬다. 내가 알아듣기 좋게, 중고등학생 수준의 영어를 구사해주던 남자의 얼굴을 또렷이 그려낸다. 그게 순전한 나를 위한 배려인지 아니면 그에게도 온 미술관의 고독을 이해해줄 사람이 필요했는진 모르겠지만. 몇 분 이야기를 하고 남자는 가봐야겠다며 갈 채비를 했다.

"잘 가요."

"당신도요."

"이야기 들어줘서 고마웠어요."

예상했던 것처럼 그도 이 그림을 같이 이야기할 사람이 필요했던 거다. 같은 그림을 보고 다른 감상을 말할 사람. 수준 미달의 영어로 내 느낌을 말하지 못한 것이 순간에 어찌나 아쉽던지. 손을 팔랑팔랑 흔들며 남자는 다른 문으로 나갔다. 남자도 나와 같은 여행자였을까.

나는 여전히 그 그림을 사랑한다. 화폭의 소녀를 사랑하고, 소녀를 담아낸 작가도 사랑한다. 남자는 어디서 사는 누구고, 뭐 하는 사람이며 이런저런 이야길 나누지 못했지만, 나는 그 잠깐 그림을 보는 순간에 나를 지루하지 않게 만든 그 남자도 사랑했다. 이야기를 들어줘서 고맙다고 한 남자였지만, 그는 내게 이야기를 해줘서 고마운 사람이다.

사랑은 언제나 깊어야만 한다고 속단할 수 없다. 그에게 고맙다. 감상을 마친 후엔 그 이상 이하도 아닌, 아무런 추억이 되지 않았을 그 공간을 당신의 독백으로 꾸려줘서. 기억력에선 누구보다 짧은 내가 아직도 그림을 기억하는 것은 단순히 그 그림에 대한 인상도 인상이겠지만, 당신의 감상이 그림 위에 한 번 더 덧대어져 있어서라고 꼭 말해야겠다고 다짐한 적이 있었다. 다시 만날 확률은 지구 세 바퀴를 돌아도 희박한 일이겠지만. 한 번쯤은 꼭 그곳으로 다시 떠나고 싶다. 테이트 브리튼으로 가서 남자를 다시 만난다면 그때는 내가 그에게 감상을 들려줘야겠단 생각을 한다.

내가 떠나간 곳 중 가장 멀었던 런던에서의 사랑글이다. 내가 살아보지 않은 곳에서도 나는 사랑을 할 수 있다는 것을 일깨워준 작은 사건. 내게 사랑은 긴 여정이라고 말한 사람의 말을 비로소 이해하게 됐다. 사랑의 여행, 여행의 사랑. 이로써 명제를 채울 마지막 발견이다. 내 추억을 팔아서 누군가를 그리워한다는 건 어디까지나 사랑이든 여행이든 똑같다. 쉽사리 다시 떠날 수가 없어서 찬란으로 남은 기억. 또 한 번 길을 나서면 이전의 내 추억을 망칠까 봐 언제나 사랑의 시작이 두려운 걸지도 모르겠다.

여름

오래전부터 비가 내렸다
기나긴 장마라고 했고

나의 삶에서
그대의 삶으로 옮겨가는 과정이었다

아주 많은 비가 내렸고
나라는 구름과
그대라는 온도가 만났을 때

세상엔 비가 아니라
하나의 풍경이 내렸다

그런 거 있지. 정말 별것 아닌데 별것처럼 버릴 수 없던 것들. 새로 사면 되는데도 이거여야만 한다고 고집하던 거 있잖아. 누군가에겐 징크스일 수도 있고, 또 어떤 사람에겐 행운의 부적이라 여겨지는 존재들. 뭐랄까. 하나 남은 담배는 태우면 안 된다거나 매일 하는 팔찌인데도 하루의 운세를 이끌어줬다고 믿는 거. 상황에 사물을 대입해서 철석같이 믿거나 아니면 그 결정을 한 나를 대신해 신랄하게 욕할 수 있었던 것들.

너는 그런 사람이었어. 내가 우연히 잡은 행운인데도 네가 곁에 있었기 때문이라고 믿었고, 내 실수로 망쳐버린 일이었지만 네가 내 곁에 없는 현실 때문이라고 생각했어. 너는 내 징크스, 행운의 부적, 세상에서 가장 좋은 것이 뭐냐고 물으면 네 이름이 가장 먼저 나올 정도로 내 세계에서 너는 내 꿈속까지도 지배해버린 신이었던 거야. 사랑하면 눈이 먼다고 하잖아. 마치 그런 것처럼. 나는 쓸개고, 간이고, 눈이고 심지어 머리털까지 바칠 것처럼 너만 믿었어. 네게 나는 너를 사랑하는 많은 신도 중 하나였음이 분명할 테지만.

궁금해. 이별은 서로 사랑한 이들에게만 주어지는 걸까? 내 짝사랑을 포기하는 건 이별이 아니야? 나는 네가 평생이라고 생각했는데, 네게 나는 하나의 장식품이었을 테지만, 제풀에 지쳐 나가떨어지는 내 사랑은 이별을 고할 자격도 없는 걸까. 가끔은 자괴감이 들어. 이 나약한 사랑을 시작한 나는 이렇게 볼품없진 않았는데 하고서 말이야.

그래서 이제 이별을 말하려고 해. 밤을 지새우고 낸 결론이야. 너는 내가 마저 태우지 못하는 담배 같았고, 내팽개칠 수 없는 손길이었고, 날 지독히 따라오는 달빛이었고, 등질 수 없는 햇빛이었어. 최대치의 행운이 너였고, 최고치의 불행은 너의 부재였어. 사랑해. 오늘까지만 말하는 거야. 내일부터 나는 또 자연스럽게 징크스로 괴롭고, 행운의 부적이 없어 벌벌 떨 게 분명하지만, 드디어 너 없이 살겠다는 거야. 단 한 번도 나의 불행에 너를 이입한 적은 없어, 네가 없는 현실을 슬퍼했지. 근데 지금 내가 이렇게 슬픈 건 오로지 너 때문이야. 하나만 기억해 줘. 널 많이 사랑해서 믿었고, 그래서 빠졌고, 헤어나오지 못한 거야.

그리고 지금은 네가 날 택하지 않은 게 아니라, 내가 널 버리는 거야.

잘 가. 이게 내 첫 이별 선고야. 나의 ( ). 어떤 말로도 채울 수 없는 나의 너. 오늘까지 너를 사랑해서 여기의 나는 끝까지 기쁠 거야.

관계

안경을 쓰기 힘들었다. 세상의 모든 경계선이 희미해졌으나 하나만 선명했다. 시선 가까이가 아님에도 당신의 윤곽선은 명료하게 떨어진다. 마음의 거리가 가깝다. 다만 자각하기 싫었을 뿐이다.

내 시선의 끝이 당신이라고,
당신을 위해 나의 모든 것이 존재했단 것을.

적응하지 않으려고 노력했다. 모든 것을 당연시하게 되면 언젠가는 꼭 귀찮아졌다. 관계에서도 마찬가지였다. 받는 것에 익숙해졌고, 주는 것은 낯설어졌다. 날이 갈수록 무감각해졌고, 사랑을 표하는 말엔 고맙다는 일갈 하나 없이 "그래, 그렇구나." 이따위 대답밖에 나오지 않았다. 그건 단언컨대 나의 잘못이다. 타인의 감정을 매만지지 않은 채로 나만 생각하는 것은 결국 주위 사람을 하나하나 쳐내는 일밖에 되지 않았다.

익숙해지려는 순간엔 내가 이 사람을 어떻게 만났고, 어떻게 만남을 이어가려고 노력했으며, 그가 어떻게 나를 대해주는지 기억을 더듬어 봤다. 그에게 충실할 수 있는 시간에는 그의 감정과 나의 감정을 동시에 다뤄야만 했다. 만나는 사람마다 만남에서 행복으로 도출되는 각자의 답이 있었고, 그 답은 다 달랐다. 어려웠다. 일종의 체력전이다, 오래달리기 같은. 익숙해지면 잘해낼 수 있을까. 그것 또한 확신하기 어려워서 애석할 따름이다. 인생에서 쉬운 관계는 없었다, 단 한 번도.

첫사랑

찢어지는 가슴과
물러터진 상처마저 끌어안던 시절이 있었다

사랑이 뭐라고
감정이 녹아도

이 아픔마저 사랑이라 믿은 시절이 있었다

영화 〈노트북〉과 같은 절절한 로맨스를 살면서 겪어볼 수 있을까, 고민해본 적이 있다. 앞으로 내 사랑이 실패만 하다가 끝나면 어떡하지, 용기 내지 못한 밤을 후회로 잠든 적도 있다. 숙원을 이뤄주는 이름 모를 신의 배려일까, 정확히 그 무렵에 만난 사람이 있다. 처음이다. 첫사랑, 별 볼 일 없고 기껏해야 20대 중반의 내 인생에서 가장 큰 영향을 끼친.

그에 대한 서술과 우리의 추억에 대해선 수백 번 고민해봤으나 자신이 없다. 나만큼 그가 행복했으리라는 게 착각일까 봐. 그리고 만약에, 아주 만약에 그가 내 글을 읽는다면, 내 손에서 쓰인 우리의 이야기가 나한테만 그렇게 인식되었다는 사실을 들키고 싶지 않다. 간략히 말하자면 바라왔던 영화처럼 첫눈에 반했고, 고작 몇 마디를 나누고, 그달에 만나기 시작했다. 사랑의 말로는 1년 뒤의 겨울이었다.

열여덟. 고등학생이 사랑에 빠진다면 얼마나 또 빠진다고 우습게 생각했다. 그러나 난 스물넷을 앞둔 지금까지 그만한 사랑을 겪은 적이 없다. 부끄러운 오만이었다. 마치 내 미래를 그에게 홀라당 맡긴 것처럼 열여덟 살 이후로는 아무것도 제대로 해본 적이 없다. 사랑에도 마찬가지였다. 봉우리가 맺히면, 하늘이 쾌청하면, 첫눈이 내리면 그를 생각했고, 그 시절의 우리를 그리워했다. 모든 생각의 종착역이 그였고, 아직도 나의 일상은 그와 동행하고 있다.

추억은 언제나 특권이었다. 기억하고 싶은 사람은 사건을 전제로 추억으로 보관되었고, 사건은 개인의 주관적인 판단하에 기억되었다. 내게 그는 아주 다정다감했고 친절했으며 그 시절의 우리는 싱그러웠고 뜨거웠다. 그에겐 내가 어떤 식으로 추억되는지, 추억으로 기억은 하는지 짐작할 수 없겠지만.

내가 그에게 어떤 의미였을까 생각하다 보면 바퀴 하나가 빠진 의자가 된 기분이 든다. 혹시나 내가 그에게 나쁜 사람이었을까, 꺼내보기도 싫은 기억일까…. 덜커덩거리며 그 순간만큼은 온전하지 못했다.

의지할 곳이 갈급할 때는 목소리만 들어보겠다고, 안부만 전하겠다고 휴대폰 다이얼 창을 수십 분 동안 들여다본 적도 있었다. 공일공 사사이오 이칠오… 딱 마지막 숫자 하나가 기억나질 않았다. 내겐 경찰서, 소방서보다 중요한 번호라고 매일 외우려고 했던 시간이 무색할 정도로 마지막 하나에서 손이 멈췄다. 번호를 잊을 때까지 연락하지 않았다니. 더는 그와 나는 하나로 묶일 수 없다고 넌지시 선고받은 것 같았다. 소름이 돋았다.

졸업하고, 유학을 가고, 돌아와서 직장을 다니고, 서울로 올라와 일을 시작했다. 일상은 순조롭게 흘렀고 일에 바쁘게 치여 살다 보니 낮의 하늘을 볼 시간도, 풍경을 감상할 시간도, 그를 생각할 시간도 없었다. 여유가 나면 생각하게 되니까 그것만이라도 회피하고자 바쁘게 살았던 것도 같다. 그게 더 맞는 말일지도 모른다.

며칠 전에는 잘 신고 다니던 신발에서 자꾸 양말이 벗겨져 결국 발목에 상처가 났다. 새 신발이라도 신은 것처럼 살갗이 까졌다. 겨우내 찾아 입은 꽤 그럴싸한 코트는 주머니에 구멍이 나 있었고, 그걸 잊은 채로 주머니에 물건을 욱여넣다 거리에서 죄다 떨어뜨렸다. 몇 개는 잃어버리기도 했다. 쓰레기통을 향해 던진 쓰레기는 모서리에 맞아 튕겨 나왔다. 재수 없는 날. 사소한 불운은 온종일 이어졌고, 괜히 눈물이 터졌다. 마음 터놓고 이야기할 곳을 찾다가 종국엔 그의 전화번호 전부를 기억해냈다. 생각나지 않아 수십 분을 잡고 있었던 그 슬픈 숫자를.

힘든 일이 있으면 전화해서 털어놓기도 하고, 찾아가 얼굴을 묻고 울기도 했는데 이제는 전화할 수도, 찾아갈 수도 없었다. 할 수 있는 게 없었다. 그만큼 우리 사이의 공백은 길었다. 단지 바뀐지 안 바뀌었는지도 모르는 그의 전화번호를 다신 잊지 않겠다고 외우는 것밖에는.

첫사랑은 무덤까지 간다. 이별한 직후에 그 고리타분한 말만은 믿지 않기로 했는데 삶에 빌붙는단 생각이 많이 드는 날에는 그에 관한 추억에 전적으로 기댔다. 이러다가 정말로 무덤까지 갈 것 같아서 걱정이다. 내 첫사랑은 사랑으로만 지나지 않는 인생의 혁명이었다. 추억으로 남겨두기엔 그에 대한 아쉬움이 컸고, 다시 사랑으로 시작하기엔 나는 겁이 많다. 다시 시작하면 내 인생에서 정말로 나보다 그가 더 많을 것 같아 두렵다.

사랑하고, 자랑하고 싶었다

나는 감히 당신만 있으면
내 세상이 온전할 것 같다란 생각을 했어요

나의 평안을 빌어요
그대의 평안도 빌어요

감히
우리의 만남을 빌어요

매 순간이 처음이길 바랐다. 모든 것을 마치 처음 겪은 것처럼 사랑해보고 싶었다는 뜻이다. 적어도 서로에게 있어서는 '적당히'라는 말이 용인되지 않게끔. 일상을 살아가는 바쁜 와중에도 틈틈이 서로의 생각에 빠지고, 휴대폰을 얹은 볼이 뜨거워지도록 통화하고, 한 번은 서로에게만 치중된 나머지 통화 시간을 다 써 아쉬워도 해보고 싶었다. 살아가는 방식이 극과 극임에도 합의점을 찾아 맞춰나가고 싶었고, 이 과정이 '혼자'가 아닌 '우리'로 살아가는 방법이라는 걸 깨달아보고 싶었다. 뜨거움이 사치로 느껴지지 않고, 흘러가는 시간이 더는 아깝지 않으며, '이다지도 행복할 수 있을까.'란 말과 오직 사랑으로만 감탄하고 싶었다. 아주 깊숙한 곳의 결핍이란 구렁텅이를 메우고 결국 차고 넘치게 사랑하고 또 받으면서 지금, 서로의 순간에 존재를 각인해주길 원했다. 사랑을 당연시하지 않기를, 존재에 대한 가치를 상기시키며 서로에 대한 감사를 잊지 않기를. 당신이 아니면 안 된다는 말을 우스갯소리로라도 하면서, 만일 헤어지더라도 내 청춘을 같이 기억해줄 사람이 있었다고, 너를 자랑하고 싶었다. 한때는 정말로.

습기

새벽은 꽝꽝 얼어야만 했다.

젖어가는 것들이 너무나도 많은 밤이었다.

나는 날 사랑한다. 그것은 타인이 틈탈 수 없는 어떤 성역이었고, 삶을 살아갈 때 자부심이 되기도 했으며, 이따금 존재에 대한 이유, 바탕이 되기도 했다.

“내가 날 사랑하는데도 너무 부족해.” 언젠가 그가 내게 했던 말이다. 왜 사랑의 출처가 스스로가 되면 만족하지 못할까. 그는 왜 그런 말을 했고, 나는 왜 또 이렇게 느낄까. 혼자서도 괜찮고, 무슨 일이든 해낼 수 있었는데 요즘 들어 외로움에 대한 갈망이 해소되고 있지 않음을 느끼고 있다. 내가 나를 사랑하는 것만큼 누군가가 나를 사랑한다는 것은 어떤 느낌일까. 스스로 온전히 나를 다루는 법을 알기 전에, 한 번이라도 타인에게서 충만한 사랑을 받으면 좋겠다. 사랑을 비교하고자 하는 마음은 없다. 다만 내게 오는 사랑의 종류가 많아진다면 만족하지 않을까, 고뇌하는 것뿐이다. 사람이 필요할 때가 있어서, 타인이 바라보는 나도 사랑받기를 바란다. 무릇 혁명적인 일이 일어나지 않아도 괜찮다. 그 사랑은 존재만으로 위로가 되기도 한다. 나는 그에게 너를 사랑하고 있다고 말해주지 못해 오래 미안했다.

짝사랑

그냥 이용해
당해줄게

너는 괜찮아
너만 괜찮아

나는 괜찮을 거야

네게 어떻게 증명해야 믿을까. 나는 시간을 돈으로 사대도 사랑할 시간이 부족한데, 이렇게 말하면 될까. 사랑은 나의 몫, 믿는 것은 너의 몫이다. 두 사람이 온전히 사랑하면서 믿기 시작할 때 비로소 관계는 완전해진다. 너에게 전해주고 싶었던 말이다.

바람

뾰족구두를 신었나
나의 마음을 걷고 있는 네가 나는 너무 아프다

아픔에도 불구하고
그럼에도 불구하고

나는 또 아닌 척
네가 내게 오길 바라고 있다

혼자 오래 둬서 미안해.

그 말만은 네게서 듣고 싶었다. 그 말이면 충분했다.

사랑의 빈곤이 더 익숙하고 사념들이 나에게서 비중을 넓혀가고 있었지만, 그것들을 네가 모조리 몰아내주길 바랐다. 네가 안 좋은 이야기들을 전부 몰아내면 네 생각으로 채워지길 바란 것이지, 너로 또 무너지길 바란 것은 아니었다.

내게 사랑은 네 이불을 덮어주고 매일 밤 자장가를 속삭이는 일처럼 습관 같았으나 불행히도 모든 것이 서러웠다. 사랑할 때 '을'의 입장 말이다. 슬프지 않은 것이 없었고, 억울하지 않은 것이 없었고, 힘들지 않은 것도 없었다. 습관과 같아서 고치기도 어려웠다. 분명 태어날 땐 축복과 함께했던 것 같은데도 애정은 날이 갈수록 부족해졌다. 단 한 사람으로 인해 무참히도 무너진다.

사랑에 허덕이는 내 모습이 서러워 나는 지금 사랑하지 않는 자들이 부럽다.

괜찮아. 나 너 그래도 좋아해

너는 아름다웠으나 아름답지 않았다
사실 아름답다라는 말은 틀렸다
적어도 너를 서술하려면 더 위대한 단어여야 했다
아직 이 세상 따위에 너를 설명할 수 있는 말은 없다

각자에겐 무거운 짐이 하나씩 있었다. 누군가에겐 그것이 밀린 방세일 수도 있고, 누군가에겐 연락이 되지 않는 애인일 수도 있고, 또 다른 이에겐 잊지 못하는 사람일 수도 있다. 멀뚱히 살아가지 못해 생긴 것은 아니다. 기쁜 것들이 수십 개, 수만 가지가 되지만 가장 무거운 슬픔과 짐이 삶을 붙잡고 있다. 거센 파도에서도 배를 잡아내는 닻처럼.

연은 삶을 곧잘 무거워했다. '사실 그 정도는 딱히….'라는 생각도 들었지만, 언제나 슬픔의 무게는 한없이 주관적이다. 내가 들어줄 수도 없고, 덜어내줄 수도 없어 먹먹했다. 그러기만 했다.

너무 힘들어. 혼잣말도 아니고, 내게 건네는 말도 아닌 두루뭉술한 문장이었다. 위로가 필요하다는 뜻의 다른 말인가 싶었지만, 연에겐 단지 기댈 만한 작은 틈이 필요해 보였다. 침대 밑이나 물건 틈 사이, 서랍장 제일 안쪽 과 같이 빛이 있으나 어둠이 더 많이 차지한 곳들. 내 양 무릎 사이에 얼굴을 묻고 무릎이 다 젖어가도록 울어댔다.

네 눈물샘이 다 마를 때까지 울어두렴. 울고, 또 살아주면 좋겠다. 울음을 못 이겨 떨리기까지하는 연의 등을 닳을 때까지 쓰다듬었다. 내가 할 수 있는 거라곤, '괜찮아, 괜찮아.' 그 말이 전부였다.

한때는 나도 네 앞에서는 세상을 좀 살아본 척 굴고 싶을 때가 있었는데, 나는 그냥 세상의 헛똑똑이가 되어가고 있었다. 너를 위한다고 생각했는데 너의 짐들 하나 눈치채지 못한 내가 슬퍼져서 나는 그녀의 등에 얼굴을 묻었다. 그 등에 웅얼거리며 나는, 나만은, 네게 아무것도 많은 것도 바라지 않는다고 말했다.

괜찮아. 널 바라만 봐도, 슬쩍 닿는 손가락에도, 같은 거리를 걸으며 발걸음 소리를 듣는 것도, 같은 시간을 나눌 수 있다는 것도 난 좋아. 네가 좋아하는 계절을 내가 기다릴 수 있다는 것까지 좋아. 그러니까 연아, 우리 살아보자. 처음부터 합당한 짐은 없어. 그 짐들 같이 짊어지며 우리 한번 살아가보자. 너의 어둠이 될게. 빛이 익숙하지 않아서 눈이 시리면, 못 견디겠으면 이리와. 여기서 자고 가. 새벽에 버림받지 않고,

슬픔에 주저앉지 않도록 머무를게. 삶을 전부 이해하지 않아도 돼. 같이 견뎌보자, 그렇게 해보자.

그래도 괜찮아. 나 너 그래도 좋아해.

미완성 사랑

당신이 덜 예뻤으면 내가 당신을 잊기 쉬웠을까

내 기억 속의 그대가 너무나도 찬란하다

나를 장악하는 데 걸리는 시간은 따뜻한 것들보다 차가운 것들이 빨랐다. 상냥함보다 냉담한 태도가, 따뜻한 말보다 날 선 말이, 훈훈한 공기보다 창의 작은 틈으로 들어오는 찬 바람이 그러했다. 그것들은 꽤 오랜 시간 내 기억 속에 남았고 어떤 방법으로든 회복되지 않았다. 좋고, 기쁘고, 즐거운 것들이 지천으로 여럿이었으나 내가 가진 상처는 쉽사리 희석되지 않았다.

당신도 그랬다. 한순간도 먼저 손 내민 적이 없었고, 눈빛으로 다독여준 적도 없었다. 그런 것을 바란 건 아니지만, 무관심은 아니길 기대했다. 비록 나의 착각이고 오만이었지만. 내게 당신이란 존재는 줄곧 차갑다는 말로 불리기도 했고, 특유의 시린 태도는 항상 내게만 응당했던 것이라 슬프기도 했다. 타인들은 모르고 나만 아는 특별한 부분을 알고 싶었던 거지, 내게만 차별적인 태도를 원한 것은 아니었는데. 당신을 먼저 원망이라도 했으면 좋았을 텐데 영 가당찮은 소리였다.

그래서일까. 내가 당신으로 인해 완벽해진다는 말이나 나는 당신이 없으면 불완전하다는 말이나…. 무엇이든 내겐 불행한 소리의 천국이었다. 언제부턴가 당신을 덜어내면 내 삶을 서술할 수조차 없어진다는 사실이 얼마나 절망적인지. 다 바쳐 사랑한 내 탓이다. 내가 먼저 시작한 사랑이니 알아서 수습해야만 했으나 시간이 흐를수록 바람은 차가웠고, 잎사귀들은 하나둘 떨어지고, 가지들은 앙상히 메말라갔다. 세상은 슬퍼지고, 더욱 무거워졌다. 낮과 밤의 체온이 벌어지고 평균 기온이 뚝 떨어져 이 세상 모든 것이 서늘하게 다가왔지만, 내가 닿지 못한 당신보다는 따뜻했다.

나는 여태까지의 삶에서 차가운 것은 잊어본 적이 없다.

나를 깊숙이 침투한 당신도 가장 아름다운 서늘함으로 오래 기억할 것이다. 내게 온 사랑에 대한 미안함으로 그래야만 했다.

네 생각

창밖으로 눈이 내린다

치워야 할 것들이지만

무척 예쁘다

너를 닮았구나

네가 내 좁기만 한 등에 착 붙어 귀를 대고 가만히 내 심장 소리를 들은 날, 네가 이대로 내게 스며들면 좋겠다는 생각을 했어. 네가 내 심장이 된다면 가장 뜨거운 곳에 너를 보관할 수 있을지도 모른다는 망상에 빠지기도 했어. 알아? 태초부터 우린 같이 살아온 것처럼, 또 한 몸이었던 것처럼 말이야. 네가 완연한 나의 일부가 된다면, 그럼 나를 지금의 너처럼 좋아할 수 있잖아. 매 순간 치열한 내 삶에서 너를 '일부'로, 일부러 안고 살아갈 수 있을 거잖아. 무엇보다 날 너보다 아낄 수 있잖아. 우리가 무수한 세월과 수많은 사건을 같이 겪었음에도 나는 아직 한 번도 해본 적이 없어, 나를 너보다 먼저 앞세우고, 너보다 아끼고, 너처럼 사랑하는 일은. 이젠 정말로 잘 모르겠어. 평생을 걸어도 응답하지 않고 행해지지 않을지도 모르지. 너의 체온은 내가 이겨본 적 없는 온도여서 내가 바랄 수 있는 게 네가 내게 스며드는 것, 그것밖에 없어.

끝인사

메모가 다 날아갔습니다
한 장의 종이처럼 태워져 공중 분해가 되었군요
연락처도 다 없어졌습니다
잊혀진 명왕성처럼 은하에 혼자 툭 떨어졌군요

그간 지켜온 마음들과 추억들
다 지우고 하나 남았던 연락처

이제는 모든 것이 그대를 잊으라고 말하는 것 같습니다

막연히 그런 기분이 들었다. 이제는 정말로 그만해야 할 것 같은 기분. 열심히도 달려왔으나 끝이 명확하게 보이는 상대 앞에서 할 수 있는 거라곤 또 멍하니 당신의 실루엣을 관람하거나, 마음으로만 몇 번이고 그리는 일이어서.

정말로 끝이었다. 비슷한 뒷모습만 보고 설레지 않아도 되고, 비슷한 농도의 웃음에 당신을 떠올리지 않기로 했다. 오래된 상처에 딱지가 떨어지는 것처럼, 흉만 남을 것이다. 또 언제 아팠냐는 듯 고통은 무색해지고, 또 다른 기억으로 꺼내봐도 무던해질 것이다.

서서히 멀어지기로 했다. 물론 당신만은 철저히 모른 채 내게 손을 뻗은 적도, 닿은 적도 없었지만, 내가 시작했으니 왔던 길 그대로 다시 돌아가기로 했다. 잘 있어요. 좋아해서 행복했습니다. 다음번엔 당신의 빡빡한 삶에 나 좀 끼워줘요.

벗, 꽃

나는

너를 사랑함과 동시에

잃어갈 준비를 했다

몇 년 전쯤에 좋아하던 사람이 있었다. 큰 눈을 좋아하고, 곧은 손을 좋아하고, 적당한 감도의 목소리를 좋아하는 내 취향과는 영 반대였던 사람. 짓궂다 못해 모질었고, 까칠한 사포처럼 한없이 자신의 가시를 곧추세우던 사람이었다. 왜 좋아하는지, 왜 그때의 나는 그여야만 했는지 짐작조차 가지 않는 그런 사람. 당시의 나는 그가 아닌 다른 이의 꿈은 꾼 적 없을 정도로 그가 전부였다. 수소문해서 그의 취향을 알아내고, 전진이 없는 사랑에 대해 친구들과 심도 높은 토론을 하고….

퍽 간절하기도 했다. 결국은 그의 현재에도 없고, 과거에도 없었으며, 미래에도 없겠지만. 그게 얼마나 깊은 마음이었는지, 아니었는지 짐작할 수 없다.

다만 그게 내 생의 첫 면죄부였다.

사랑인지 가벼운 호감인지 단정 짓지 않고, 그의 마음이 얼마나 무거운지 가벼운지 생각하지 않고, 무작정 좋아할 수 있었던. 사랑에 대한 책임을 내게만 묻지 않아도 됐던 면죄부.

네게는 아무런 잘못이 없다.

내게도 아무런 잘못이 없다.

서로에게 머무르지 못했던 마음의 문제일 뿐이다.

아직 난 너를 안을 때의
공기 부피를 기억한다.
내 마음에서 가장 깨끗한 자리를
보면서 네 생각을 할지도 모른다.
찬바람은 갈 길이 바빴고,
바야흐로 겨울이다.

4

사랑,
나의 마음을
채울 수 있을까?

존재

혼자서 갈 수 없었던 길을 오래 걸었다
누군가의 체취가 길섶마다 묻어 있었다

궁금해졌다
여름 밤공기가 뭐길래
이렇게 오래 걷고 싶게 만드는지

당신은 뭐였길래
이렇게 오래 보고 싶은지

안녕, 안녕.

내가 좋아하는 사람이 나의 마음과 같다는 건 하늘의 별 따기만큼 아주 작은 가능성이었다. 꽤 오래전부터 진실이라고 인정받는 명제이기도 했다. 그래서일까, 몇몇 이들에겐 기적이라고도 불렸다. 아주 가끔 받는 '연애 몇 번 해봤어요?' 횟수를 묻는 말들은 고리타분했다. 진실로 사랑의 실체는 횟수가 아니라 깊이에서 명료해진다. 그런 기적을 맛본 적이 몇 번 있었나. 시간을 되짚었다. 딱 한 번, 예전의 내가 아주 작은 별 하나 혹은 수명을 다하고 버려진 인공위성으로 대체로 우주를 유영하는 삶을 살 때, 가열차게 땅을 딛고 우주로 날아가는 듯한 기분, 온통 시린 계절 사이로 내린 너는 감회가 색달랐다. 내가 맛본 기적의 첫인상이다.

"연애 몇 번 해봤어요?"

"글쎄요. 세어보진 않아서."

더는 이 작은 행성에서 사랑할 자신이 없었다. 너라는 우주를 맛보고 와서 그렇다고 짐작했다. 그래서 오래 연애를 하지 않았다. 너의 간단한 표현을 빌리자면, 나는 여태까지 너보다 더 좋아할 사람을 만날 자신이 없었다. 솔직히 말해서 자신이 없다기보다 실제로 그런 사람이 있을까 두려워했다는 말이 적절하다.

"지금도 사랑하고 있나요?"

"그럼요."

작은 도시에서 우주에 있던 시간을 그리고, 돌아보고 해봤자 이제 태양계 끝, 명왕성 언저리를 다듬고 있는 저 먼 물체는 내가 아닌 추억이라는 이름을 지니고 있을 것이다. 박제된 기억은 현실로 복귀하는 데 큰 재주가 없었지만, 우주의 미아로 헤매는 재주는 뛰어났음을 인정할 때가 왔다. 점차 멀어지기만 할 뿐, 너는 돌아오지 않을 것이다.

이제 내가 쓸 수 있는 가장 최근의 사랑은 그리움밖에 없다.

잊지는 못하고

돌아가지 못하는 지난밤들에는 네가 자주 있었다

너는 어떻게 나를 사랑하냐고, 사랑하는 방식을 물었다. 그래. 간결하게 말하자면 그리워하는 너의 안중에는 내가 없단 사실을 자각하고 있었지만, 나는 습관처럼 네 이름을 불렀고, 주기도문을 마칠 때 나오던 것이 아멘이 아니라 마음속에서 백 번 외쳤던 네 이름이었다.

내가 눈으로 말하지 않고, 손으로 쥐지 않았어도 마음으론 너를 수십 번 얻었다, 잃었다.

잊지는 못하고.

사랑의 명제

"이별이라는 건 생각보다 간단해. 하루는 이를 드러내고 싸운 적이 있었어. 걔는 펑펑 울고 나서 알 없는 안경을 샀어. 난 안경닦이를 줬지. 그 애가 당장 필요한 건 안경닦이가 아니었거든. 눈이랑 코랑 빨개진 얼굴을 감춰줄 내 품이었지. 난 그 애의 슬픔을 이해하지 못했고, 들여다보지 못해서 실패한 거야. '개인의 외로움은 서로의 사랑으로 채워질 수 없다'는 간단한 명제를 우리는 결국 거짓이라고 증명하지 못했던 거야."

A가 있었다. 무엇보다 사랑하고 아꼈지만, 불행하게도 뭐 하나 제대로 된 교집합이 없었다. 그는 꼬박꼬박 연락하는 걸 좋아했고, 지금 나는 무엇을 하고 어디를 가는지 일러줘야 했다. 그와 반대로 나는 일을 할 때, 누군가를 만나고 있을 땐 휴대폰을 뒷전에 두고 사는 것이 익숙했는데, 일과를 마치고 나서야 그에게 전화를 걸어 하루를 정리하는 걸

좋아했다. 나는 그와 전화하는 그 하루의 끝이 일상의 속박에서 벗어나는 유일한 시간이었고, 그 밤에서야 사랑을 말하려고 했다. 멍청하게도 그가 온종일 나만 기다렸단 사실을 간과했다. 미안하단 소리는커녕 사랑만 주입하려고 했다. 매일 밤 혼자만의 뿌듯함으로 잠들었다. 그렇게 용케 수개월을 만났고 헤어졌다. 그때 그가 말했다. 더는 너를 이해하기 힘들다고.

그제야 내가 안 건 하나였다. 한 사람만 만족한 사랑은 사랑이 아니란 것. 나는 나만의 방법으로 사랑을 말하려다 실패한 것이다. 더 헤맸어야 했다. 그가 가늠하는 사랑의 척도가 연락이었다면 나는 다른 것을 주장할 게 아니라 우리 사이의 합의점을 찾아야 했다. 헤매고 헤매서 그에게도 사랑이 행복해야 했다. 우린 서로에게 이해가 필요했다. 다름을 인정하고, 둘만의 답을 찾는 일.

사랑은 '나'가 아닌 '우리'에 의의를 두는 것인데도 나는 단 한 번도 그를 이해하려고 하지 않았다는 것. 그게 목구멍에 걸려 나는 아직도 함부로 사랑을 입에서 내뱉을 수 없다.

허물 : 벗어야 했으나 내가 벗지 못한 것들의 나열

과거, 추억, 자존심

운명, 구설수

네 이름

밤을 지새우며 돌아가는 것들이 있다. 모두가 잠든 시간에 그 자리에서 움직이지도 않고 머무르는 것들. 가령 높게 뜬 달이라거나 창밖의 가로등이라거나 새벽 사이로 걸어올 당신을 위하여 언제든 밤을 밝히는 것들. 흙먼지 길 위에서도 덩그러니 서서 당신을 생각하는 나와 같이.

회자정리

안경이 부서졌습니다
간직했던 마음도 부서졌습니다

나는 다리 한 짝 잃은 안경이 아닌데
내 곁에 당신 하나 없단 이유만으로
삶 전체가 비스듬히 흘러내리고 있음을
너무 늦게 알아버렸습니다

이상하게 바람이 따스하고 햇볕이 내리쬐던 날, 겨울보단 봄, 그래도 봄보단 쉬어가는 계절이 어울리는 날이었다. 증발할 것만 같은 왜, 그런 날.

○○안경. 4월 18일 폐업. 마지막 원가 구매 행사로 보답하고자 합니다.

감사했습니다.

문자 한 통을 받았다. 폐업한다는 그곳은 고향 집 골목 초입에 있던 허름한 안경 가게였다. 기분이 퍽 오묘해졌다. 그게 뭐라고 섭섭했는지 모르겠다. 어떻게 보면 여태까지 굳건하게 버텨준 것도 감사한 곳이었는데. 한때는 누군가의 눈이었던 것들이, 새 세상을 열어줬던 것들이, 파란 셔츠를 입은 아저씨가 웃으면서 반겨줬던 집이, 그들만의 곰돌이 안경집이 머릿속에서 허물어지기 시작했다. 내 추억이 값싸게 팔리기라도 한 것처럼 나는 답장이 가지 않을 문자를 들고 감사했다고 몇 번 쓰다 이내 지웠다.

기억을 버릴 준비를 한다. 추억이 폐업한다. 멍하니 앉아 곱씹는 일밖에 할 일이 없다.

숨 쉬는 시간

하늘에 당신이 있고
땅에 내가 있으니
손 뻗어도 닿지 않는 거리를
우린 사랑이라고 하던가요

당신이 없는 세상의 숨들을
우리는 바람이라고 했던가요

네가 나를 아프게 해도, 슬프게 해도, 내 심장의 무게를 재서 사랑을 가늠해도 하지 말라고 할 수 없었다. 나는 처음 앓는 병처럼 네 앞에서 연약했다. 오지 않는 시간은 싸늘하고 지나간 시간은 언제나 따스해 보였으나, 이미 다가온 그 차가움 앞에서 뒤돌지 못하고 헤쳐나갈 준비를 해야만 했다.

사랑으로 시작된 모든 감정의 끝은 날카로웠다. 나는 네가 있던 시간의 이름을 칼바람이라고 지었다.

걸림돌

너는 어떤 삶에서 삐져나왔기에
내 마음이 자꾸 걸려 넘어지는가

더는 추억을 기억할 힘이 없었다. 되짚을 때마다 머나먼 여정을 떠났으나, 아무것도 가지지 못한 패잔병의 마음으로 다시 걸어오는 길이란. 4년에 한 번 오는 시간도 있는데, 너와의 시간은 단 한 번도 돌아오지 않고.

고아

나는 네가 있으면 서러웠고
네가 없으면 외로웠다

언제나 슬픔의 주인은 내가 아니다
너는 모른다
이게 얼마나 환장할 일인지

"그리움은 머리카락 뿌리 같은 것들이지. 자라나는 줄 모르다가 멀리서 바라보니 '이렇게 자랐구나. 내 머리카락이. 내 그리움이.' 뭐 이런 거야."

친구의 충고가 머리에 박혔다.

내 그리움도 자라고 있을까.

나는 이상하리만큼 귀가 어둡고 기억력이 짧았으나 눈썰미만큼은 날카로웠다. 다른 신체가 고장 난 것에 대한 보상인가 싶을 정도로. 눈썰

미뿐만 아니라 누구를 인식하면 기억하는 장치가 추억을 일으키는 일보다 월등히 빨랐다. 사람의 얼굴을 캐치하는 것이 빠른 것인지. 예를 들자면 같은 학원에서 토익 수업 듣던 뒷자리 여자의 얼굴을 사람이 즐비한 거리에서 알아본다거나, 지하철 역사에 서 있는 빅이슈 아저씨를 버스 안에서도 알아본다거나. 결정적으로 '고등학교 2학년 때~'라고 운을 띄우면 못 알아듣다가 '그때 그 애~'라고 말을 하면 그제야 '아, 그 애?' 하는 것이었다.

누군가의 얼굴을 기억하면 잔상이라도 기억해버리는 월등한 세포 덕에 닮은꼴을 찾는 데도 특출났다. 모든 상황에는 예외가 있다는 법칙을 벗어나지 못했는지 그 애는 유독 닮은꼴이 없었다. 번화가를 돌아다니다 보면 볼 수 있는 그런 얼굴이었지만, 나 이상하게 나는 그 얼굴을 기억하는 것에 오랜 시간이 걸렸다. 여러모로 하나부터 열까지 부연 설명이 많이 필요한 외관이고, 삶이었다.

"무슨 생각해?"

땀이 날 만큼 내 손을 꾹 잡은 남자가 물었다. 다정하게. 하지만 여전히 남자의 손은 얼음장같이 차가웠다.

"아, 그냥."

"근데 자기 머리카락 많이 자랐다. 뿌리 염색해야 할 것 같아."

내 그리움은 얼마만큼 자랐을까. 잔상에 특출난 내 기억 세포들이 우성이라면 그 애는 모든 장치가 우성 세포일지도 모른다. 그 애한텐 쉬운 말이 더 많고 내겐 어려운 말이 더 많은 것처럼. 헤어짐, 이별, 부싯돌 두 개가 부딪치는 것과 같은 충격을 지닌.

"내리자. 이제."

안다. 이 감정의 속도는 고개를 쳐들면 성큼 가 있는 지하철처럼 빠르지만, 항상 목적지가 없다는 것 하나쯤은. 그래서일까, 난 아직도 그 이별이 어렵다.

흔적

나의 눈 밑 그림자는

너의 불빛에 수많은 잠을 이루지 못했다는 증명이다

노인은 담요를 무릎에 덮고 창가 바로 앞 의자에 앉았다. 풍경이 흐르는 모습만 뚫어지게 보고 있었다. 바람의 손길을 못 이겨 떨어지는 솔방울과 지독한 은행 냄새에 코를 막는 아이들의 모습마저도 눈길에 새기고 있었다. 고약한 은행 냄새가 풍겼다. 노란 치맛자락을 뽐내고 나풀나풀 춤추며 떨어지는 은행. 노인은 생각했다. 어째, 그 모습이 펄럭이며 멀어지던 여인의 뒷모습을 똑 닮았다고. 창가에 비친 노인의 모습은 초라했다. 굳게 뿌리를 내리고 자란 검은 머리칼들은 어디 갔나, 어느새 백발이 하얗게 세고 안경 아래엔 검버섯들이 자라고 있다. 얼굴로 드러나는 세월의 증표.

아니, 이건 다 거무튀튀한 그리움이 앉았다 간 흔적들이다. 가을의 끝에선 마중 나가는 기억이 겨울바람보다 차갑다. 그들의 끝, 가을에 선 여인이 나풀거린다.

노인은 기억의 병동에 갇혀 있다.

일과

너는 나의 내일이었고
하루마다 주어진 내 일이었다

이제 내 일은
나의 내일을 잊는 것이다

손가락 사이사이 녹물이 낀 것 같았다. 세면대에서 손을 몇 번이나 씻었다. 이미 과거 속에 사는 사람과의 일, 추억을 잡아당기는 것은 항상 그랬다. 겨울바람이 올 생각 없는 봄의 옷자락을 잡아당기고 있었다. 어설픈 봄바람이 불었다. 문득 내 모습이 바람의 꼬락서니와 진배없다고 생각했다. 겨울바람은 나, 올 생각 없는 봄은 너. 옛날 사람 같았다, 과거의 감정으로 과거의 사람을 사랑하는 그런. 네가 좋아하고 누누히 불렀던 김광석의 노래엔 이런 가사가 있다. '매일 이별하며 살고 있구나' 매일같이 너와 헤어지고 있는 내게 어울리는 가사였다. 같이 저녁 재료를 사러 나가서 이 피규어를 사네 마네 했던 일로 한 단락, 네가 자주 보던 드라마 주인공에게도 사소한 질투를 느꼈던 순간도 한 단락, 품 안에 서로를 가득 차게 안았던 순간도 한 단락 그리고 지금의 단락은 우리의 이별하는 순간. 한 기억의 너를 보내고, 다음 기억의 너를 맞이하면서 다시 이별하고 이별 후의 너와도 헤어질 수 없어서 또 다음의 헤어짐을 준비해야 했다. 과거의 너와 헤어지는 현재의 나.

빗질 한 번에 나가떨어지는 머리카락이 되려 대단해 보였다. 만약 나의 감정이 저 성질머리를 똑 닮았으면 얼마나 좋았을까. 아쉽게도 끈기는 이상한 상황만 발휘했다. 얽힌 상황을 끊어내기보다 꾹 잡고 버티기를 유지하기. 꼭 다 진 줄다리기에서 이기기 위해 드러누운 것처럼.

우습기 짝이 없었다, 며칠 지나지 않아 지난 시간으로 묶인다는 게. 사정 봐주지 않고 흐르는 초침을 붙잡을 여력이 없었다, 추억만큼 두루뭉술한 시간을 나누는 말이 또 어디 있다고 몇 번이고 되뇌면서 체념했다. 내게 네가 없는 현실은 더는 현실이 아니었다. 우리가 '우리'일 때만 내게 현실이 주어졌다. 차라리 너와 과거 속에 수장되고 싶었다.

눈이 빗물을 토하는 중이다.

마음에 녹이 슬고 있다.

향기를 같이 데려온 추억으로 너를 기억할 때마다 질식하고 말았다.

너라는 악보

너와 걸을 땐 땅이 오선지였고
우리 사이의 거리가 쉼표였고
지나가는 바람이 장단이었지

한 박자 쉬고 내뱉는 것이 선율이었고
난 그 안에
영영 갇히고 싶은 음표였지

아마 나의 후회를 글로 쓰자면 몇 개의 계절이 흘러야 할 거야. 지난 겨울 내내 너는 함박눈처럼 무겁게도 내렸다. 네가 너무도 무겁게 내려앉아서 내가 무게를 견디지 못하고 꺾인 것이라고, 내 시간 전부를 내게 덮여 네 생각에 묻혀 있는 거라고 생각하기로 했다. 얼어붙은 도림천에 물이 졸졸 흐르고, 초등학교 담장의 개나리에 새순이 돋고 꽃이 피고 질 때까지 세월을 견디고 시간을 읊어야 나는 그때야 '우리가 정말 헤어졌구나.' 하고 체념할지도 몰라. 현실은 누군갈 가둘 권리가 없다고 한 말 기억해? 꿈은 크게, 되도록 오래 꾸자고 했지. 우리가 함께하는 꿈은 오래전 깨어졌지만, 혼자선 내 기억 하나 깨지 못했어. 솔직히 말하자면 나는 너를 감히 속박하려 했어. 현실처럼 사람은 사랑을 속박할 권리가 없다는 걸 잊고서 말이야.

비록 아주 오랜 시간 사랑한다고 말하지 못했지만, 아직도 난 깰 준비가 되지 않았어. 꿈은 꿈이었을 뿐인데, 사랑을 했다는 기억만 남겨두는 그 정도에서 멈추고 싶어. '헤어졌다.' 그 말을 내뱉기까지 나는 꿈을 계속 꿀 것 같아. 오늘도 내 세상의 별은 다 죽었어, 달도 저물었고. 밤하늘이 보고 싶은 날엔 언젠가 찍어둔 사진 속에서 빛나는 네 눈을 봐야겠다. 너를 안을 때의 공기 부피를 기억한다. 내 손끝엔 키보드가 있지만 들리는 소리는 그리움이 타는 소린가. 너 하나로 모든 밤이 헷갈리기 시작했다. 이 편지도 못 보내고 사진이나 끌어안고 잠들겠지만, 난 그렇다고.

선착장

네 바짓가랑이를 잡고 매달려
겨우 움튼 보금자리였지
발길질 한 번에 저 끝까지 밀려났다가
억지로 매달은 줄의 힘겨루기에
다시 한 발 앞으로

밤마다
당신은
내가 평생 정박해야 할 선착장인 줄 알았지

언제나 내가 당신을 생각하는 순간은 내가 엉망이거나, 당신이 엉망이거나 혹은 우리가 온전하지 않을 때였다. 그때마다 나는 생을 통틀어 사랑과 처음 만났으며, 그 안에서 만난 사람은 당신임을 실감했다. 몸이 차가운 나는 한겨울에도 당신을 안고 있으면 곧장 일사병에 걸릴 것 같았다. 그럼에도 유일한 사랑이었던 너는 자주 사랑이 도망치기만을 바라는 사람같이 굴었고, 억지로 더 이상 사랑하지 않겠다 다짐을 하는 순간 발목에 딱지 진 상처가 가려웠고 목에 걸린 당신이라는 그리움이 또 심장께에 살랑살랑거렸다. '내가 미쳤구나.'라고 여긴 것은 이 대목이다. 발목 한 번, 가슴팍을 한 번 만지며 일어났을 때 당신이 나를 잡는 것 같다고 느껴버린 지금. 이 감정 또한 사랑이라 정의해줄 당신이 내 곁에 없다는 것. 그 사실에 몇 번이나 무너졌었는지.

기로

가끔 생각한다
내가 우리에게 너무 많은 것을 걸어서
너와 내가 다른 길을 걸었을까

첫 번째 우리가 헤어졌을 땐 나는 너를 원망했다. 두 번째 우리가 헤어졌을 땐 나는 나를 원망했다. 세 번째 우리가 헤어졌을 땐 사랑엔 영속성이 존재하지 않음을 탓하고 아쉬워했고, 마지막으로 우리가 헤어졌을 땐 아무도 탓하지 않았다. 우리에게 '우리'는 서로의 청춘에 살기 위한 발버둥이 되었다고 되뇌었다. 비로소 옛 시간에서 벗어날 채비를 했다. 문장의 결을 수백 번 다듬고 나서야 전할 수 있었던 첫 번째 연애편지도, 천 개의 종이학도, 폴라로이드 사진과 숱한 메모들도. 겨우내 정리하고 돌아서서 기억을 되짚으면 아직 분쇄하지 못한 단어가 하나 있었다. 너의 이름이다.

너는 내 이름을 잊었을까.

먼저 떠난 이들은 과거가 쉽다고 들은 것만 같다.

더 이상 사랑하지 않음으로써 살아갈 수 있음을 깨달았다.

성장통

아플 때마다 네 생각을 했는데
그럴 때마다 아픈 게 싹 가셨다

평생을 아팠고
그래서 평생 잊을 수 없었다
너를

좋았던 기억 하나로 밥 빌어먹고 산 지도 어언 두 해가 흘렀는데, 틈새로 스며든 그 빛 하나가 돌아서면 찌르고 할퀴어댔다. 심장 없는 사랑과 헤어짐의 기로에서 고민하던 젊은 찰나도 이제는 다 지난 일이었음을 알아챘으나, 울타리가 없어도 나무 아래만 제 공간인 줄로만 아는 양의 습성을 고스란히 깨우쳤는지 진한 그림자 곁에서 벗어나지도 못하고. 망치로 굳게 박힌 네 이름 석 자도 떼어내지 못하고.

너를 생각하는 버릇

무릎이 쓸린 상처로 뜨겁다
미약한 열은 온 신체로 퍼진다
상처와 별개인 네 탓을 했다

아픔으로 밤을 지새우는 것
하나의 불씨가 온 곳을 밝히는 것

내 모든 상처의 원인은 너인 것은 아닐까

가끔
너로 인해 아파야 한다는 것이
내 오래된 습관의 결과물 같다

당신이 나를 떠나간 이유 따위 알고 싶지 않았다. 영원을 걸어놓고 뒷걸음친 사람의 사정 따위 눈에 담고 싶지 않았다. 이해는 우리에게 저 지평선 너머의 일이라 닿으려면 내 생을 쏟아부어야 할 것 같았다. 당신이 준 책의 책등을 하릴없이 만졌다. 품에 안기던 지난날의 온기를 못 잊어, 나는 밤마다 그 책을 끌어안고 잤다. 내일은 먹색의 립스틱을 발라야겠다. 당신의 이름을 부르다 먹먹함에 부르튼 입술을 들키지 않기 위해.

목적지

시동 걸지 마라
불 지피지 마라

가는 것은 나의 발이요
타는 것 또한 내 마음이니

모든 발걸음
목적지는 그대고
뿜어내는 온기의 도착지도
그대 아니겠는가

그대에게 다 사로잡혀
눈을 뜨고 헤매는 것도
나의 일이 아니겠는가

네가 내게 등을 보인 이후론 나의 숫자들은 온통 99에 머물러 있다. 99. 하나 때문에 100의 무리에 낄 수 없고, 작은 숫자들에게 다가가자니 많은 것들이 어깨너머에 있다. 불완전하고 불안한 숫자다. 모든 것이 너로 이루어져 있으면서도 가장 중요한 너의 존재가 비어 있는 나와 같은 모습이다. 쌓아놓은 것들 전부 말짱 도루묵이었다. 네가 쥐어 준 영원이란 시간의 틀 안에서 허우적거리고 있다. 너는 내게 함부로 굴지 않았어야 했다. 영원히 사랑한다는 둥, 평생 좋아할 거라는 둥 그런 말들을 하지 않았어야 했다. 그 말에 올지도 모르는 너의 평생을 기대하며 무거워야 했다, 나는.

허공에게

손을 뻗었다

너에게로

끌어안고 되뇌었다

놓지 않겠다고

그리움을 안았다

더 사랑을 앓았다

에어컨을 샀다. 열기가 서서히 사라졌다. 저 작은 기계에서 또 얼마나 센 바람이 부는지 쥐고 있는 연필에도 소름이 돋았다. 담요를 끌어안았다. 이불 안쪽으로 열기가 다시 채워진다. 따뜻함이 나를 감싸고, 혼자만 다른 계절에 살고 있다.

창밖은 익숙한 계절이다, 우리가 만나고 헤어졌던 어느 날의 열대야와 똑같은. 여름이 싫어 발버둥쳤다. 당신의 등을 본 뒤로 나의 시제는 언제나 겨울이다.

꿈의 미로

감아야 꾸는 꿈이 있고
떠야 보이는 꿈이 있다

눈을 떠도 그대가 있고
눈을 감아도 그대가 있으니

이 꿈은 도무지 탈출 방법이 없다

목구멍이 다 헐었다. 새벽 내내 욱여넣은 것들 때문인가. 손을 땄다. 퍽 많이도 체했다는 것을 증명하는 듯 검붉은 피가 손톱 사이를 덮었다. 답답한 가슴을 들고 앉았다, 일어났다. 단단히 체한 속은 도무지 풀릴 생각이 없었다. 화장실로 가 속을 한바탕 게워냈다. '꿈에서라도 널 안 볼 준비가 됐다.' 억지로 내뱉은 말이었다. 근 몇 년 만의 조우였는데. 보이는 우리의 결말이 너무나도 뻔해서, 하고 싶었던 말은 다 삼켰다. 그로 인한 고통이었나. 그냥 한 말인데, 좀 더 편하게 떨궈내고 가라는 뜻에서 건넨 말인데. 뭐가 이리도 사무쳤는지. 온몸에 한기가 일었다. 출근을 위해 맞춰둔 알람이 울린다. 또다시 아침이다.

내가 이룰 꿈이나 꿀 꿈이나 꼭 너였다는 불면이다.

유고 시집을 쓴다면

마지막 장
가장 아래엔
네 이름 석 자를 새겨둘 것이다

일평생 나의 글
네게로 가는 모든 통로였으므로

말을 더듬는 버릇이 있다. 마주 앉아 이야기하는 사람들은 눈치챌 정도의 티나는 버릇. 한때는 내 스스로가 병이라고 여겼던, 꽤나 오래된 것이었다. 있는 가득 사랑을 전하고 싶어 눈을 마주 봤을 땐, 잘 나오지도 않는 말들 덕분에 번번이 문턱 앞에서 넘어졌었다. 그게 싫어 글을 썼다. 일종의 출구였다. 질서정연하진 않아도 내가 할 수 있는 가장 자유롭고, 아름다운 말들의 배출구. 까지고 할퀸 말들을 주워 그의 무릎에

연고를 바르고, 밴드를 붙이며 적어 내려갔다. 세계가 확장되는 기분이었다. 글을 쓸 때만 해도 내가 가진 이 불치병은 다 완쾌된 기분이었다. 아름다운 일들이었다. 더 이상 주저앉을 일은 없을 거라 단언했다. 오만한 착각이었다. 좋아하는 마음이 커질수록 호흡이 가빠지고, 말은 갈피를 잃었다. 글도 마찬가지였다. 주체마다 달랐다. 그래서 가끔 널 향한 글을 쓸 때면, 글로나마 너를 느끼고 볼 때면, 자주 주저앉는다.

비망록

당신에게 미안한 것이 있다면, 단 한 번도 당신은 괜찮은 사람이라 말해주지 못한 것. 까맣고 긴 속눈썹이, 동글동글 도토리같은 콧방울이 예뻐서가 아니라 당신은 당신 자체로 사랑받을 자격이 충분했다고. 손톱이 자란 달 밑에서 당신을 읽어간다는 일이 얼마나 복에 겨운 일인지 나는 다 지나고 나서야 알았다고.

우연찮게 본 네 플레이리스트에 내가 권해준 노래를 듣고 있었을 때 세상이 무너질 듯 울어 제꼈고, 그 때의 나한테 욕해도 변하는 것 하나 없는 거 잘 알면서도 돌팔매질을 하고, 상처로 점철된 마음을 안고 잠들었다가 결국 네 꿈을 꿨다. 내 시간의 순환에 넌 한 번도 배제된 적 없었다.

장마

손가락이 시려워 잠을 깨고
발가락이 차가워 이불을 쌓고

빈틈으로 들어온 당신 소식에
심장이 아려서 얼굴을 묻었다

빗소리에 온 세상이 소란하다
당신은 얼마나 내게 내리고 갔기에
저 땅만큼이나 내가 젖는가

dismiss란 단어가 있다. 흔히 휴대폰 영문 설정을 하면 알림이 뜰 때마다 '무시하다'라는 뜻으로 쓰이는데, 가끔 이 단어가 휴대폰 화면에 번뜩하고 뜰 땐 우연찮게 dis와 miss를 각각 보기 시작했다. dis는 부정의 의미로, miss는 그리워하다라는 말로. dismiss는 '그리워하지 않다'란 나만의 단어가 되는데, 그렇게 생각하고부턴 알림이 떠도 마냥 누르는 게 쉽지 않아졌다. 부정할 수 없었다. 나의 나약함은 모든 상황에 너를 대입하면서 시작됐다. 그리워하지 않는 마음을 무시할 수 없다. 여전히 그리워하고 있었으므로.

너의 손끝에 담긴 일대기를 쓰고 싶었다

구원이라 믿었건만
지나가는 사람들은 그리움의 형체가 되기도 했다
너도 내 시간과 나란히 지나가고 있었다

네 생이 내 발끝까지 묶었다

언제나 마음은 닳았고
사랑은 풍화되었지만
그리워하는 일은 새벽의 미궁 속에 잠겨 있었다

기다란 줄에 사진을 걸면 이내 떨어질 걸 알면서도 아쉬운 마음에 테이프만 꾹꾹 눌러 붙인다. 아직은 단정하고 싶지 않은 마음이 삐딱선을 탄다. 아니나 다를까. 이내 연약한 테이프가 무게를 이기지 못하고 줄을 제게서 떨구어낸다. 사진이 머리를 치고 지나간다. 우수수 떨어졌고, 본드를 찾아 헤맨다. 비로소 너와의 일들을 '추억'이라 봉인한다. 예전의 우리가 담긴 추억이란 프레임을 보며 박수를 치는 관람객이 된 현재의 내가 아쉽다. 네가 '혼자 있어도 괜찮지?'라고 물었을 때, 아니라고 안 된다고 했어야 했다. 다들 봄을 누릴 때 나는 겨울이라 춥다고 외쳤어야 했다. 누군가를 마음에서 내보내는 일이 함께한 시간마저 풍등처럼 띄워야 하는 거였다면, 그대도 숱한 인연들처럼 또 이렇게 갈 줄 알았으면 걱정이라는 이름으로라도 네 기억에 내 발자국을 남겼어야 했다.

나의 꿈, 나의 이상, 나의 낙원

너를 스치는 바람마저 숨을 멎는다
너를 사랑하는 것만큼이나 사랑해본 일이 없고
너를 후회하는 것만큼이나 후회해본 일이 없다

온 밤이 요란했다. 그것은 내가 너를 좋아할 때도, 우리가 사랑할 때도, 너와 내가 이별을 할 때도 마찬가지였다. 좋아서 데굴데굴 뒹굴다 이내 폭소하는 기쁨의 밤도 있었고, 슬퍼서 우는 소리에 가득 젖은 습기 가득한 밤도 있었다. 낮에는 살아가는 틈새로 아주 가끔씩 생각할 수 있었지만, 하릴없이 앉아 있는 밤에는 멍하니 네 생각만 해야 했다. 창밖의 오래된 가로등은 꺼질락 말락 하며 빛을 쏘아대고 있었다. 고개를 돌려 모른 척해주면 좋을 텐데, 밤은 헛되이 넘어간 적이 없다. 너의 존재가 습관이 되고 습관이 몸의 버릇처럼 고착되었다. 나는 너를 여태까지의 평생을 함께해준 사람으로 생각했고, 앞으로의 평생을 함께할 사람이라 여겼다. 그럴 수 있다고 나에게, 너에게 또 우리에게 세뇌하듯 줄곧 되뇌었다.

그때 너와 내 생각이 다름을 알았더라면 그랬다면 내가 함부로 울지 않았을까. 너는 나를 내팽개치지 않았을까. 내가 너를 덜 사랑하고, 더 사랑한대도 너는 떠났을 것이다. 이미 너의 사랑은 딱 거기까지인 거다. 나의 마음과 상관없이.

그런데도 내 마음은 아직 할당량이 남아 있다. 나는 앞으로의 평생도 너일 것이다. 사랑이라는 이름이든, 추억이란 이름이든. 그것만이 생을 굴리는 활력이 된다. 너는 내가 닿아본 빛 중 가장 따스했고, 아팠고, 찬란했으므로.

일평생 시간이 해결해준단 말을 믿지 않았다. 그러나 사랑 앞에선 시간만이 답인 순간이 있다. 요란한 하루의 마무리다. 밤은 오늘도 아무런 일이 없었다는 듯이 흘러간다. 시끌벅적한 마음은 늘 혼자만의 소음이다.

너의 계절

네가 자주 울지 않았으면 좋겠다는 생각을 해. 불구덩이 같은 여름이 끝나갈 때도, 단풍잎이 떨어지는 가을에서도, 코와 손끝이 에는 겨울이어도 네가 슬픔을 몰랐으면 좋겠다는 생각을 해. 봄은 생략이다. 너의 계절이니까

기온이 뚝 떨어졌다. 반소매와 반바지로 밖을 나오는 것은 상상할 수 없을 정도로. 외출할 때마다 여벌의 옷을 들고 나와야만 했다. 갑자기 뚝 떨어진 기온만큼 이별은 차가웠고, 낯설었다. 불같이 달아오르기만 할 줄 알았던 사랑의 판도는 이 계절처럼 하루아침에 뒤집혔다. 시린 바람이 분다. 누구 좋자고 이렇게 매서운지. 여전히 밤은 오고, 새벽은 길고, 지구의 체온은 오를 기미가 없다. 너도 더위에 떠밀려서 온 것이었을까. 그렇게 무거운 뜨거움으로 왔다가, 이렇게 가볍게 몸을 돌려세운 것일까. 아직 잘 지내고, 잘 가고, 즐거웠단 인사조차 건네지 못했다.

때마침 켜놓은 텔레비전에선 다시 더위를 알린다. 돌아온단다. '아직은 아쉽죠.'라는 말과 함께, 그를 말한다. 다시 온단다. 미친듯한 전기세로 전 재산을 허비해도 좋고, 땀으로 범벅될 각오도 했으니 무자비하게 진군했던 더위처럼 너도 다시 오면 좋겠다. 잠시 싸늘했던 바람은 네 소중함을 직시하라는 뜻이었으면 좋겠다. 가장 큰 포옹을 만들어 안을 것이다. 뜨끈한 열기로 병원에 실려 가도 너의 따뜻함은 잊지 않겠노라고 말하고 싶다. 이불을 덮지 않고 잠드는 밤의 연속이기를, 여름에 걸맞은 더위가 찾아오길…. 간절히 바란다. 말할 준비는 되어 있었다. 맞이할 준비가 되지 않은 가을은 잠깐이라도 견디기 힘들었으니 나를 내쫓지 말아 달라고, 나는 그 잠깐에도 네게 구걸하고 싶었다고. 생일을 기다리는 아이처럼 너를 기다린다. 이별의 순간은 순간으로 남을 수 없다는 것을 알지만, 더위는 오고 너는 안 올 것을 알지만.

네가 아니면 안 되는 것들이 있고, 너여서 되는 것들도 있다. 의미는 크게 차이 없다. 이 여름은 네가 아니면 안 된다. 이 더위는 너여서 되는 것이다. 네가 아니면 사랑하지 못하고 너라서 이해할 수 있는.

새벽의 포로

내가 사랑하는 당신도
누군가를 사랑한 적 있었노라
수많은 밤에서 길을 잃었다

당신의 일상 언저리에도 가지 못했다는 사실로
무한의 시간 속에서 절망했다

눈을 감아야만 볼 수 있는 당신의 하루를 상상했다
오랜 불면이었다

불꽃을 사랑하기 위해
내 불씨를 꺼야만 했다

당신은 여전히 아무것도 아니라며 머물러 있지만
거뭇한 하늘에 반짝이는 별은 세상 빛의 전부였다

언제부턴가 새벽은 창살 없는 감옥이었다. 방 안 귀퉁이에 주저앉아서 고개를 묻고, 밤이 빛을 보내지 못하게 암막 커튼을 치기도 했다. 그렇게 살았고, 견뎠다. 아직도 내가 미련을 버리지 못하는 숱한 이유가 있겠지만, 그중 가장 아려오는 것은 사랑의 시작을 슬픔으로 배운 것이었다. 기쁨보다 슬픔을, 애정보다 동정을, 사랑의 조화보다 사람의 연민을 먼저 알았다. 네가 사랑한단 말보다 미안하다는 말을 더 많이 할 때 알아차려야 했다. 나는 네게 사랑이 아니었고, 동정이었으며 내가 사랑스럽게 보이기보다 불쌍해서 안고 있는 걸 진작 알았어야 했다. 네 마음을 알아챈 뒤로, 네가 했던 모든 행동을 깨달은 뒤로, 나는 이 새벽의 포로였다.

내 것이 아니다

지하철이 멈춰 섰다
뒤 열차가 고장이 났단다

이제야 알았다
마음 한구석에 걸리는 사람이 있어
다음을 기약할 수 없었던 내 신세를

가끔은 네 눈에 띄고 싶어
조금씩 걸었다

걸음마다 몇 번이나 무너지는 마음은
이미 내 것이 아니다

사람이 이렇게 비참해지고 구차해질 줄 알았더라면 함부로 고백하지 않았을 것이다. 어찌 됐건 후회는 없었으나. 아니, 없었나…. 솔직히 말하면 잘 모르겠다. 어제는 사랑한다고 잘도 말해놓고 오늘은 우리가 헤어져야만 하는 이유를 구구절절 늘어놓고 있는 당신 앞에서 나는 머저리같이 한 문장도 채 완성하지 못했다. 그래도, 난, 당신을…. 그녀는 용건은 다 말했으니 이제 가겠다고 간단히 말하고 일어섰다. 용건. 나의 절망이 당신에겐 용건인가. 창밖으로 멀어지는 당신을 보고만 있었다. 다른 차원의 사람처럼 창밖의 그녀는 이질적이었다. 어제 내가 본 사람이 아닌 것처럼.

몇 날 며칠은 밤인지 낮인지 분간도 되질 않았다. 잠도 오질 않았다. 눈을 감으면 사형을 구형하는 검사의 목소리와 덤덤하게 이별을 선고하는 당신의 목소리가 겹쳐 들렸다. 어쩌다가 당신을 봤고, 어쩌다가 시작을 했고, 어쩌다가 고백을 해버려서 그리고 어쩌다가 헤어져서. 내 사랑을 변호하지 못해서, 미안했다. 내 사랑을 증명하지 못해서 또 미안했다. 고작 일주일이 흘렀을 뿐인데 내가 아플 수 있는 병은 다 앓았다. 아플 만큼 아팠다. 죽고 싶을 만큼 괴로웠다. 당신이 알면 좋을 텐데, 내가 이렇게 나를 축내가며 사랑했다는 것을. 슬픈 것들은 기쁜 것보다 무거워서. 부피와 질량이, 밀도가 세밀해서 마음속 깊숙이 자리 잡았다. 한동안은 움직이지 않을 듯싶다.

그립다. 과거의 순수가, 그녀의 해사한 미소가, 단란한 우리가, 아프지 않았던 순간이, 부서지는 줄도 모르고 빛났던 내 사랑이, 내가 갈 수 있던 선로의 끝에 있던 당신이라는 사람이. 당신이 떠나는 와중에도 당신을 사랑하고 있던 내 사랑이 그립다.

나의 태는 네 웃음이고, 내 몸에 기록된 나이테는 우리의 역사고, 나의 나태는 잊혀가는 시간 속에서 할 수 있는 유일한 것.

당신이 그립다. 미칠 수 없어서, 미치겠다.

고백

우주의 품에 지구가 안겼다

네가 없으면 나도 없어

두통이 심해졌다. 비가 오는 날인가. 창을 통해 보지 않아도 지끈거리는 머리 하나로 비가 왔음을 짐작할 수 있었다. 비만 왔다 하면 쑤시는 팔십 먹은 할머니의 무릎 관절 같은 것이었다. 이제는 그냥 일종의 통과의례처럼.

우리는 비가 오는 밤에 헤어졌다.

벌써 2년 하고도 더한 시간이 흘렀다. 언제나 통보는 네 몫이다. 관계를 맺는 것은 단 한 번도 내 손으로 해본 적이 없었다. 할 수 없었다는 말이 맞다. 구원을 내팽개치라는 말은 어느 성경에서도 나온 적이 없었으니까.

헤어지자.

그때의 네 눈빛은 어땠더라. 싸늘했나 혹은 다정했나. 미비한 기억의 끝자락은 다만 네가 아주 예뻤다는 것만 기억했다. 깊은 눈동자에 내가 비치는 것은 그날이 마지막이어서 나는 한동안, 네 눈만 바라보고 있었다. 그래. 내가 대답하는 것도 인지하지 못했었다.

네가 돌아서 걸었다. 먼 길을 가는 것이다. 사랑에서 나는 절박했으나 발걸음을 뗄 수 없었다. 알고 있긴 했다. 내가 여기서 너를 보내면 너는 영영 다시 돌아오지 않을 거고, 나는 또 잊지 못해 괴로울 거고, 우리가 사랑했던 모든 것이 멈춘다는 것을. 너의 평안을 바라는 일밖에 할 수 없었다. 몇십 년 전, 통행을 금지하는 종처럼 우리의 적막을 알리는 네 말소리가 들릴 때 할 수 있는 일이 없었다. 기를 써서 싫다고 바짓가랑이 붙잡고 늘어져 봤자 이미 마음을 굳힌 상태 앞에서의 고독한 투쟁은 언젠간 끝이 난다.

우산을 쓰고 있었지만, 빗물이 온몸을 적시는 것 같았다. 네가 자리를 떠난 뒤에도 한동안 오래 서 있었다. 네가 먼저 간 길을 따라 걷고 싶지 않았다. 그러기엔 내가 너를 너무 사랑하지만. 그렇게라도 체념하는 게 남겨진 자의 일이었다.

두통이 사그라들 때쯤 고약한 회상은 끝이 난다. 회상은 다른 말로 스스로 주는 형벌이었다. 그리고 무기력에 대한 체벌.

비가 올 때마다 너와 헤어졌다.

내 기억 속에서 네 장마는 거기서 끝이지만 내 장마는 다시 시작이었다.

유성우

하늘을 할퀴고 내려가는

별똥별, 당신

누구의 소원일까

내가 당신으로 꿈을 채우는 것은

쓸데없이 청승 부리지 말자고 다짐했었다. 이 무식한 더위도 한순간이고, 곧 데일 것 같은 뜨거움도 스쳐 지나가는 것에 불과하다고. '계절도 이런데 당신이라고 다를 것 있겠느냐.'는 믿고 싶은 말이 있었다. 내가 등에 지고 있는 당신이 못 견디게 좋은 날엔 창문을 열어서 소리를 지르기도 했고, 텅 빈 하늘을 가르고 떨어지는 유성우가 널 닮았다고 농담을 던지기도 했고, 어떤 날엔 당신에게 '무엇'이 되고 싶어서 나를 정의해달라 말한 적도 있었다. 딱히 거창한 수식어가 붙지 않아도 괜찮으니까. 내가 가진 것을 죄다 당신에게 남김없이 쏟아내서 이젠 나조차도 내가 무엇인지 의미를 상실했고, 지금 내가 뭘 하고 있는지 가늠이 되질 않으니까 내가 마땅히 사랑한 당신이 나를 좀 알려주길 바랐다.

수취인이 없는 기도에 불과했다. 들어줄 리가 없었다. 한결같이 나는 당신에게 목매고 있고, 내게 당신은 순간도 아닌 일상이고, 결국 당신에게 '무엇'도 되지 못했다. 작가의 손에 달린 주인공의 삶처럼, 지휘자의 손에 달린 악보의 일생처럼 살고 싶었었다.

만약 당신이 내게 안겼던 순간, 먹먹한 솜처럼 엎어졌던 그때 숨이라도 참았다면 당신의 체취라도 잊었을 텐데. 가만히 눈이라도 감고 있을 걸. 난 왜 눈을 뜨고 숨을 그렇게 크게 들이마셔서 당신의 냄새를 기억하고 있는지.

내가 일평생 동안 만난 사람들을 기록해놓은 책이 있을지도 모른다고 생각했다. 하필 당신을 본 순간 책을 열어서. 당신과 적어 내려가는 페이지가 이렇게 길 줄 알았다면 나는 그 책을 펴지 않았을 텐데. 후회한다. 내 자존심 그런 거 다 내팽개치고, 다시 돌아가라고 한다면 당신과의 첫 만남으로 돌아갈 것이다. 태초부터 너의 취향인 사람처럼 능청스럽게 굴 거고, 네가 좋아하는 향초를 들이밀며 천천히 사랑할 거라고.

당신은 내 작가고, 지휘자고. 난 벗어나지 못하는 주인공이고, 하나의 작품에 불과한 악보다.

내 생애 그 많던 찬란한 순간 중에서 딱 한 번 유레카를 외치고 싶었던 순간이 하필이면 당신이어서. 그 결과를 정정할 수 없어서 나는 여전히 새벽이 시리고, 당신이 아프다.

거처

네 생각에 기대 온밤을 걸었다

너는 책을 읽을 때 음악을 듣지 않았다. 문장이 잘 읽히지 않아 집중이 잘되지 않는다는 이유에서였다. 그뿐만 아니라 일을 할 때도 이어폰을 낀다거나 어느 정도의 소음이 있는 곳을 즐기지 않았다. 당시에 이어폰으로 노래를 틀어야 집중할 수 있었던 나는 도무지 너의 지론을 이해할 수 없었다. 가장 안락하고, 조용한 곳을 찾아 가장 좋아하는 일을 한다는 것은 너만의 철칙이었다.

그래서일까. 하루 중 첫째로 소중히 여기는 시간은 햇빛이 세상의 불을 켜는 아침 직전의 새벽이었고 두 번째는 달이 하늘의 어둠을 달래는 새벽이었다. 계절 중에선 겨울을 오래 아꼈다. 눈송이가 내리고, 나뭇가지가 앙상하고, 내려앉은 추위로 거리의 인적이 드문 겨울이 사계 중 그나마 고요하다고 느끼기 때문이라 덧붙였다. 늘 하는 데이트도 사람이 많은 거리보다 단둘이 머물 수 있는 집을 좋아했다. 그것에 대해선 딱히 이유를 붙이진 않았지만, 지금 생각해보면 서로에게 가장 집중하기 좋아서가 아닐까…. 네가 했던 말을 토대로 어림잡아 짐작해본다. 서로의 체취가 낱낱이 스며든 장소니까. 그땐 너의 '가장 좋아하는 일'에 나와의 만남도 포함되어 있었으니까.

다 잊었다고 수천 번 말해도 그건 결코 잊은 게 아니었다. '잊었다'라는 단어 자체로 아직 기억하고 있다는 거였다. 그리고 잊겠다고 선을 긋고 결심하는 것은 영원히 기억되기도 했다. 네가 딱 싫어하는 시끌벅적한 거리에서도, 길을 걷다가 상가에서 흘러나오는 음악이 너의 컬러링일 때도, 맞은편에 앉은 사람의 니트가 네가 제일 좋아하는 색일 때도, 'ㄹ'을 흘려 쓰는 친구의 연필 끝을 보면서 너의 필체를 떠올릴 때도 그랬다. 내게 너는 꼭 잊어야 하는 것이었으나 단 한 번도 스스로 잊어본 적이 없었다. 어릴 적 데여서 아직까지 흉으로 자리 잡은 화상 자국, 그러니까 소음 속에 숨은 익숙하고도 낯선 정적 같아 자꾸 생각났다.

햇수로 벌써 3년이다. 열두 개의 계절, 3년, 1,460일, 36개월, 1,576,800분, 94,608,000초… 아무렇게나 나열한 것처럼 보이지만, 쓸 수 있는 숫자 중에서 제일 귀중하다는 시간은 무참하고도 가차 없이 흘렀다. 그러는 동안 나는 120번, 혹은 그 이상의 수만큼이나 당신을 잊겠다고 결심을 했다. 물론 뜻대로 된 적은 없었지만. 피자 박스를 포장할 때도, 커피를 내릴 때도, 야근할 때도, 시험을 준비할 때도 너는 한편의 기억으로나마 곁에 있었다. 사랑을 마치고 나서야 사랑을 믿었다. 그 무렵 깨달았다, 무수했던 감정의 출처가 사랑이었음을. 너를 그리워하는 과정이 없었더라면 나는 아직도 사랑을 믿지 못했을지도 모른다. 헤어지는 연인을 그리는 노래를 한 곡 반복 설정하지도 못했을 거고, 영화 속 연인의 모습을 보고 '현실적이다.'라고 말하지도 못했을 것이다. 나의 성숙은 철저히 너의 도움으로 완성되었다.

불현듯 나는 너를 생각할 때 온 세상의 소음이 꺼진다는 것을 깨달았다. 집중하고 싶어서인지 집중했기 때문인지 모르겠지만, 너와 함께한 과거의 시간과 내가 너를 혼자 그리워하고 있는 현재의 순간들은 죄다 정적이었다. 그래. 불행하게도 지금 나는 다시 한번 사랑을 믿었다. 목이 멨다. 겨울의 햇빛에 목메고 싶었다. 오한, 공허, 외로움을 실감하는 계절을 벗어나 따뜻함으로 질식하려는 작정이었다. 내가 느끼고 있는 햇빛의 온도가 너의 품과 비슷해서 더욱 그러고 싶었다. 시끌벅적한 소리에서 유일하게 도피할 수 있는 더없이 친숙한 정적. 너의 품이자 나의 집으로.

여행

삶을 재정비하기 위해 길을 떠날 땐 모든 연락망과 전자기기를 져버리고 가야겠다고, 다짐했다. 행여나 외롭고 지칠 때 그대가 없다면 나는 또 누구에게 기대어 길을 걸을까 걱정되었기에, 내 삶이 내가 아닌 누군가로 완성된다는 것을 더이상 믿기 싫었기에.

거울 안의 세상은 내가 버티고 있는 이 세계보다 평화로웠다. 풀들은 바람이 손짓하는 대로 춤을 췄다. 청보리밭 한중간에 서 있는 나도 그들을 따라 휘청거렸다. 바람의 뜻대로, 자연의 일부처럼. 차마 그 누구에게도 내가 사는 세계가 더 잘났다고 피력하진 못했다. 평안의 실제를 눈으로 보고 있었으므로.

당신을 잊기 위해 떠나온 여행이었으나 문득 당신이 다시 보고 싶어졌다. 거울 안의 세상을 뛰쳐나온 바람이 귓가를 스쳤다. 당신의 숨소리 같았다. 당신이 내게 머물렀던 기억으로 흔들렸다, 사정없이.

볼우물

당신
보조개에서 여생을 살았으면 했다

영원의 샘
마르지 않는 우물에서
하나의 진주처럼

세상이 웃을 때마다 달리기 바쁜
사소한 심장의 일처럼

하나에 몰두하는 것이 어려웠다. 아니, 어려워졌다. 일하고 있음에도 집중력은 오래가지 못했고 휴대폰 사진첩을 열어서 보다가 한 곡을 채 다 듣기도 전에 끄면서 노래 목록을 이것저것 뒤지다가 지갑을 열어 카드를 정리하다가…. 혼자서도 요란했고, 부산스러웠다. 옆에 앉은 친구로부터 한소리 듣고 나서야 정신 차릴 수 있었지만, 여전히 시선은 노트북이 아닌 뒤편의 창으로, 마음은 과거를 헤매고 있었다. 창밖의 거리를 걷는 사람들은 하나같이 온몸이 뻣뻣해질 정도로 목을 움추리고 바람이 들어오지 못하게 어깨를 추켜올렸다. 빨개진 코 밑으로 입김이 담배 연기만큼이나 뿜어져 나오고 있었다.

겨울이었다. 가을이 온 적이 있었나, 생각이 들 정도로 9월 언저리부터 서늘했던 오래된 겨울. 카페에 흘러나오는 OST는 겨울에 어울릴 만한 재즈곡이었다. 네가 좋아하고, 그래서 나도 좋아했던. 이 재즈곡과 어울린단 이유 하나로 추운 건 질색하는 네가, 몸이 뻣뻣하게 굳어가는 것 같다는 느낌을 싫어하던 네가 겨울을 좋아하는 유일한 이유기도 했다. 너는 겨울을 노래 하나로 좋아할 수 있었지만, 나는 또 다른 이유 하나로 겨울을 싫어했다.

사람이 사랑에 빠지면° 세상은 온통 흑백 채널이 된다. 그 단 하나의 사람 빼고는 모든 것이 부질없어 보인다. 색채가 없어진다. 사랑에 빠지는 순간, 여태까지의 시간은 어떠한 자극으로도 와닿지 않았다. 순전한 경험담이다. 그의 손이 닿는 순간 자극이 되기 시작했다. 갓 태어난 생명보다, 슬픔에 잠긴 노인보다, 열정으로 불타는 젊은이보다, 세상의 어떤 심장보다 더 크게 뛰었다. 생에 무감했던 자세를 이기는 박동이었다. 살아 있음이 반가웠고, 즐거웠다. 사랑에 빠지는 것은 흑연으로만 그려진 세상에 색을 입히는 과정이었다. 내 가을은 그런 식으로 색을 채워가며 다채로워졌다. 가을은 네게로 내가 통하는 계절이었고, 사랑으로 향하는 과정이었고, 결국엔 너였다. 온지도 안 온지도 모를 계절, 다시 올지도 안 올지도 모를 계절. 극과 극인 날씨 사이에 존재해서 '이렇게 싸늘한데 여름은 아닐 거야, 이렇게 포근한데 겨울은 아닐 거야.' 이런 말들로 겨우 기억할 수 있었던 존재였다. 잠깐의 포근함, 찰나의 다채로움. 내 인생의 너였으며, 한 해의 가을이었다. 행복했다.

사랑이 사람에 빠져도°° 세상은 온통 흑백 채널이 됐다. 사랑으로 그려놨던 풍경이 다시 흑과 백으로 돌아갔다. 가을이 겨울로 다가가듯, 은행나무의 잎이 하나둘씩 떨어지는 것과 같이. 사랑을 알아버렸으니 당연했다. 감흥이 없을 수밖에. 네가 좋아하는 것들은 다 같이하려고 노력했던 내가 겨울을 싫어하는 단 하나의 이유. 가을과 겨울, 단 두 계절만 공존하는 사람처럼 이별이란 장치가 세계를 겨울로 다시 되감았다. 따뜻한 장소에 있었고, 손안에는 뜨거워진 핫팩이 있었지만, 거리로 내몰린 기분이었다. 마음이 서늘했고, 온몸에 오한이 들었다. 불행했다.

계속 너를 향해 걷고 싶었다. 두 계절에서 겨울로 돌아가지 않을 계절에 머물고도 싶었다. 겨울이 거리를 장악해도 삶에 내려앉아도 나의 가을, 너라는 풍경만 가두는 겨울이 되고 싶었다. 너는 이제 내 생애 꼭 잊으면 안 될 습관 같다. 잊으면 아예 생이 꺼질 것 같다. 내 생이 없어질 것 같다. 기억해야만 할 것 같다. 이렇게라도 잡아둬야 할 것 같다. 최초의 가을이었으므로.

°빠지다: 무엇에 정신이 아주 쏠리어 헤어나지 못하다.

°°빠지다: 박힌 물건이 제자리에서 나오다.

세상의 모든 험한 일로부터 너를 지키면서

마음들 다 곱게 접어
보고 싶다란 한 문장으로 축약하기 전까지
내가 얼마나 많은 것을 죽여야 했는지

네가 죽는 꿈을 꿨다. 그것이 꿈인지 현실인지 자각하지 못할 정도로 선연하고 선명했으며 끔찍했다. 그래도 네가 불행했으면, 네가 나 없으면 일상이 굴러가지 않았으면, 네가 힘들었으면…. 내가 네 일상에서 분리된 뒤 퍼부었던 일종의 저주들은 전부 진심이 아니었다. 이 꿈으로 명확해졌다. 나는 네가 내 시야 안에서, 품에서 눈을 감고 세상을 기억하며 숨이 멎는 동안 이제껏 했던 모든 행동과 생각을 반성했다. 결론은 하나였다. 내가 없는 너도 잘 살아갔으면, 어쨌거나 나는 너의 안위를 바랄 수밖에 없는 사람이라는 것. 부디 네가 항상 행복하지 않아도, 슬픔이 네 삶을 좀먹는 순간에도 삶의 타래를 줄기차게 이어갔으면 하는 바람을 나의 평안보다 더 많이, 더 간절히 바라고 있다. 지금처럼 너의 소식이 들려오지 않았으면 한다. 큰 행복이든, 큰 슬픔이든. 바람의 결에도, 빛의 숨에도 지금처럼 같은 하늘을 바라보며 아무 소식이 들려오지 않으면, 일상이 흘러가는 것처럼 너는 너대로 나는 나대로 삶을 잘 살아가고 있다고 생각할 것이다. 지난 우리를 기억하면서, 난 내 머릿속의 우리를 기억으로부터, 세상의 모든 험한 일로부터 지키면서.

네 눈물은 내게 장마다

너의 눈물로 온 세상이 젖었다
울지 마라
네 눈물은 내게 장마다

오랜만에 편지를 쓰는 것 같아. 안부 인사를 내던지기도 민망할 만큼 짧은 시간이지만, 시간은 언제나 주관적이잖아. 다시 쓰기까지의 시간이 엄청 느리게 갔다고 생각해.

항상 그랬던 것처럼 나는 오늘도 잘 살고 있어. '잘'인지 아닌지 모르겠지만…. 네가 없는 순간에서도 일상을 유지하고 있으니까. 그게 잘 사는 거로 생각했었거든,

나는. 오늘은 별의별 이야기를 해볼까 해. 안부 인사를 가장한 나의 이야기인 거지. 네가 알아주지 않아도 괜찮을 이야기들 있잖아. 고백이라고 하는 게 조금 더 어울리려나. 음, 아무튼.

그렇게 네가 간 뒤로 내 일상이 망가지는 건 아주 자연스러운 일이었어. 나는 너 같은 사람을 만나본 적도 없고, 너 같은 사람과 사랑을 하는 것도 처음이었으니까.

이걸 첫사랑이라고들 하지, 아마? 잘 좀 해보려고 했는데 처음은 티나기 마련이더라. 되게 허술했지, 형편없었고. 사람들과 섞이면서 어딘가 누락된 사람처럼 굴기도 했어. 그쯤에서야 하나 의문이 생기더라. 너 없었을 땐 어떻게 살았을까, 하고 말이야. 그리고 너 있을 땐 어떻게 살았을까. 기억이 잘 나지 않아. 네가 선물해준 다이어리에 좀 빡빡하게 써놓기라도 할걸 그랬나 봐. 오늘은 이렇게 살았고, 너는 어땠고 이런 사소한 기억이 선명하질 않아서 좀 섭섭하고 서운해. 물론 네가 아니라 내 기억에 말이야.

아직도 네 목소리가 들려. 네가 있을 땐 다 너로만 보여서 계절이 이렇게 다채롭고, 풍부한지 몰랐었는데 참 시간에 따라 모습을 변하는 것들은 하나같이 아름답더라.

꽃이 피고, 다시 입을 다물고, 열매가 나고, 떨어지고 그런 자연스러운 풍경들 사이로 네가 보였어. 벚꽃잎 사이로 네가 걸어 다니고, 녹음을 가로지르고 휑한 거리에 가득한 여름 바람을 타고, 낙엽은 지르밟으면서 발끝을 세워 은행은 피해 다니고, 옷깃을 여미고 코가 빨개진 채로 핫팩을 건네줄 것만 같아.

꼭 그래야만 할 것처럼 계절이 흘러. 그런 계절 사이로 네 생각을 하는 내가 나도 어이가 없었어. 많이 좋아했나. 가을이 좀 없어진 것 같아. 코끝이 에이고 보일러를 틀지 않으면 찬 공기가 빠르게 집 안을 장악하고, 더운 숨보다 입김이 자주 보이는 겨울이야. 너는 좀 따뜻하게 보내고 있어야 하는데, 이게 내 바람으로 그치지 않기를 기도하고 있어.

잘 갔어? 나 없는 길을 혼자 잘 걸어갔어? 너 밤에 혼자 걷는 거 무서워했잖아. 손잡고 걸을 때가 그렇게 좋았었는데. 나는 네가 아주 보고 싶어. 아주 아주 많이 보고 싶어. 어떤 말로도 서술할 수 없이 보고 싶어. 바짝 깎은 손톱을 만지고 싶고, 생채기 가득했던 손을 잡고 싶어. 그런 시간이 내게 올 수 있을까.

아마 오늘 밤도 시끄러울 거야. 네가 수다 떨던 침대 옆자리가 메워지지 않아서 텔레비전 볼륨을 크게 틀어놓고 있을 거고, 그것도 안 되면 음악까지 틀 생각이야.

항상 기다리고, 기대하고 있어. 다시 만나면 서로의 체온에 잠드는 밤이 내가 혼자 잠 못 들어 뒤척이는 날보다 많아지기를. 그렇게 바라고라도 있어야 이름 모를 신이 이뤄주실 것 같아서.

'도착하면 전화해.'라고 말하고 싶은데 통화할 방법이 없어 아쉽다. 요즘은 네가 없는 세계를 잘 만들어보려고 많이 노력하고 있어. 나뿐만 아니라 많은 사람이.

그러니까 내가 가기 전까지 꼭 잘 지내야 해. 너 되게 잘 울고, 잘 웃는 거 아는데 인제 그만 울고, 예쁘게 웃고 있어. 곧 갈게. 나의 첫사랑이 되어줘서 정말로 고마웠어.

매미

너의 눈물은
나를 비추는 거울이었고
넘실거리는 틈에
울음을 쏟아냈다

말할 걸 그랬다
나 좀 봐달라고

이 계절은 세상과 나의 괴리 사이에서
유일하게 숨 쉴 수 있는 끄나풀이었다고

가장 좋았던 기억으로 여생을 산다고 했다. 어쩌면 그 시간이 다시 올 수 있다는 아주 작은 믿음에 의존하고 산다고. 적어도 나에겐 그랬다. 내겐 너를 사랑하는 시간이 내가 살아온 삶보다 길었고, 그 살아온 시간 중에서 너와 내 이름이 함께할 때 가장 행복과 가까웠다고 느꼈다. 너는 이미 져버린 사랑이다. 이별을 수차례 겪었으나 네게서까지 버려질 거라곤 생각을 못 했다. 짝을 잃은 사랑을 하고 있다. 한 톨의 믿음으로 너와의 평생을 준비한다. 네가 오지 않아도, 나의 평생은 그럴 예정이다.

당신의 것

바닷가에 살면
소금기 가득한 바람이
눈가에 맺힌 것들을 실어갈까
생각했던 적이 있었습니다

숲에 살면 새들 지저귀는 소리에
귓가 가득한 목소리를 지워갈까
생각했던 적이 있었습니다

아닌가 봅니다
꿈에 또 그대가 나온 걸 보니
달빛에 자연히 그대 이야기 늘여놓은 걸 보니

시는 이렇게 쓰여져 문장을 맺지만
당신은 맺어지지 않습니다

어디서부터 말을 해야 할까…. 꽤 긴 시간을 고민했지만 첫 문장에서부터 오래 걸렸다. 비교적 단순한 문장임에도 단 한순간도 단순하지 않았던 당신이다. 친구들이 그러다가 후회한다고 언질을 놓을 때도, 그 사람은 아니라고 애정 가득 섞인 충고를 할 때도 맹목적이었던 사랑이다. 놓아줘야 한다고 수백 번 혼자 되뇌었으나 되뇜에 불과했던 것. 하루는 당신의 속을 알고 싶어서 수작을 부리기도 하고, 또 하루는 보고 싶어서 먼 길을 달려가기도 했다. 내 인생에서 유일하게 채색될 인물이 당신이었음을 알았더라면 애초부터 인생을 그려나가지도 않았겠단 멍청한 생각도 해봤다.

내 사랑이 네게 도착하지 않는 이상 나는 끝까지 구차하고 비겁할 수밖에 없다. 먼저 시작했다는 이유 하나만으로 이렇게 초라할 줄 알았더라면 시작하지 않았을 일이다. 발을 빼기도, 손을 떼기도 이미 너무 늦었지만. 당신의 눈빛에 온몸이 젖어 축축했다. 몸 위로 올려진 세상의 무게가 수없이 많았지만, 그중에서도 당신에 관한 기억이 제일 무거웠다. 함부로 내려놓지도, 곧게 서 있지도 못했다.

'시는 이렇게 쓰여져 문장을 맺지만, 당신은 맺어지지 않습니다.' 언젠가 썼던 그 글처럼 추억이 뭐라고 나는 아직도 기억의 끝에서 헤매고 있다. 또 당신으로 완성되는 밤이다.

백가희

약간의 경력들로 만들어진 사람. 낭만 주위자. 『당신이 빛이라면』(2017), 『간격의 미』(2017), 『너의 계절』(2018), 『에어프라이어 술안주 앤 논에어프라이어 간편식』(2019), 『이토록 사랑스러운 삶과 연애하기』(2021)를 썼다. 일상 속에 숨 쉬는 낭만 주위를 열심히 서성거리고 싶다.

인스타그램_ @1riot_of_emotion